人生の終《しま》いじたく まさかの、延長戦⁉

中村メイコ

青春出版社

「延長戦」のごあいさつ

花の命は　長すぎて
おどろくことのみ　多かりき

ほんとうにびっくりです。

私の17歳くらいのころの日記には、「30代にはいったら、ポコッと死にたい」と書いてあったのに、なんというオーバーラン！

いちばんの理由は、23歳で結婚し、24歳で長女を、27歳で次女を、38歳で長男を出産するという思いがけない現実でした。2歳半からずーっと続けていた「女優業」にこの現実がはいりこんできて、その結果、やたらめったら、ひたすら忙しい日々が私をふりまわしつづけることになったのです。

あんまり忙しすぎて、気がついたら、「あら、私、82歳！　いつの間に？」と、ほんとうにびっくりしています。

びっくりしているといえば、近ごろの老人の「長生き」のパワーにも、ほんとうにびっくりです。とりあえずは、「おめでたいこと」なので拍手すべきなのでしょう。でも、私のようなオッチョコチョイは「えぇ！　まだ私、生きるのぉ！」と、みずからの長生き人生に戸惑うばかり。

やり残したことなど、もうこの年になったらなんにもないし、それに、6年前に『人生の終いじたく』を書いたころに比べると、体力も足腰も記憶力も、すべてがめっきり衰えてきて、「そろそろ私、限界」の状態です。

なのに、どうやら神さまはそんな私に、あと少しだけ生きつづけるようにおっしゃっているようで、それなら仕方ない、受けて立つしかありません。こうして、80歳であの世に逝《い》けたらいいなと願っていたにもかかわらず、私の人生は、まさかの「延長戦」に突入してしまいました。

そして、「延長戦」にはいってからというもの、ただひたすら、悩まず、グチらず、あの手この手の明るい悪知恵を使って、ゆるーく、日々をやりすごしています。「いつも明るい」ところだけが取柄のばあさんの、そんなちっちゃな「暮らしの中の思いつき」を、つれづれなるままに綴《つづ》ってみました。少しは気取って、賢いところをお見せできればと思っていたのに、公私ともども「喜劇」で生きてきた、スットコドッコイの私のこと、結局のところ、またまたおバカな話ばかりになってしまいました。

どうぞ笑いながらお読みくださいますように。

尊敬する瀬戸内寂聴先生、佐藤愛子先生のお目にはいりませんことを切に祈りながら……。

２０１６年　秋のフィナーレに

メイコ記

目次

人生の終いじたく　まさかの、延長戦!?

第1章

82歳、人生の延長戦を生きています！……15

第２章 延長戦は、トラック7台分の「大・断捨離」から始まった

第３章

延長戦だからこそ、おしゃれと家事を楽しみましょう

第4章

最期まで「酒と笑いの日々」でいきたいわね……123

第５章 少しでも〝かわいい〟おばあさんをめざしてます！

にほん人らしさも忘れずに

ほめましょう！　ダンナも子どもも孫たちも、そして、他人も

「へん（変）な自分」は前面に出しちゃいます

「とんでもない！」と、遠慮のしすぎに気をつける

ちいさな孫に「ダメ」というのも、私の役目

「りっぱ」は卒業いたします！

ぬらりくらりの会話はしない！

ルーズには、ならないこと

「をわり」という字は悲しいけれど、めげないゾ！

わかき日のときめき、秘めごとはすべてすてきです

かんじんなことだけ確認。あとは聞いたふり

第６章　老いと死を受け入れて、まだまだ延長戦は続きます……189

カバーイラスト…平尾香
本文デザイン…岡崎理恵
本文DTP…センターメディア
編集協力…横田緑

第1章

82歳、人生の延長戦を生きています！

「今日、死んじゃうかもしれないから、やさしくして」

階段から降りようとするとき、このまま足がふらついて、転がり落ちて死んじゃうかもしれないと、よく思います。そして、それも私らしい死に方でいいかなと、やけに冷静なのです。

神津さんが下から見上げて、

「降りられるか？」

「うん、死ぬ覚悟ならね」

「もう少し待て、もう少し待て、手をもってやるから」

84歳のおじいさんが急いで階段を上がってきます。神津さんは私と違って毎日、足腰を鍛えているから、いまもとても頼りになります。

私のほうは、足腰の衰えが日々進行中ですし、いつもそばに神津さんがいるとはかぎらないから、ちょっとした段差でもいつつまずいて、転んでしまうかしれたものではありません。転んだ拍子に頭をしたたか打って、そのままお陀仏《だぶつ》になることも十分に考えられます。

そんな調子ですから、毎朝、目がさめると、このごろはいつも思うのです、もしかしたら今日、死んじゃうかもしれない、と。

そこで、汚れものをためたまま死にたくないから、洗濯をすませておこう、お部屋にも掃除機をかけておこう、神津さんに食事をつくるのもこれが最後かもしれないから、おいしいものをつくろう、などと張り切って家事をするのですが、そういう日にかぎって死にません。

それでも、マネージャーが忙しそうにしていて、こちらを見てくれなかったりすると、

「もしかしたら、今日死んじゃうかもしれないから、私にやさしくして！」

長女のカンナに厳しいことをいわれたら、そのときも、

「もしかしたら、今日死んじゃうかもしれないから、私にやさしくして！」

「ねえ、お母さんってもしかしたら、オオカミばぁば？」

私の寿命も、じきに尽きようとしています。もうひとふんばりです。寿命が尽きるまでは、いっぱい冗談をいって、たくさん神津さんやみんなを笑わせて、家事をきちんとこなして、おしゃれして、爪もきれいにぬって、2匹の猫たちとうんと仲良くして、毎日を楽しみながら、できるだけあっさりと、こざっぱり、身ぎれいに生きていきたいと思っています。

あらら、「延長戦」に突入しちゃったわ

『人生の終いじたく』を書いたのが、76歳のとき。その中で、80歳まではあの世へ逝きたいし、逝けるだろうという「希望的観測」を綴りました。ひとつには、自分の

身の回りのことができなくなる前に、この世からおさらばしたくて、それができる限界は80歳くらいだろうと、漠然と思ったからです。

実際、あのころ、体力が確実に落ちていっていました。76歳でトルコのイスタンブールへ行ったら、帰りはくたびれはててしまい、翌日のロケではヘロヘロで、過労死寸前状態。「これは、体が終いじたくを始めたんだな、この調子なら80歳くらいが限界だな」と思えたのです。自分の中では、そのころすでに、死を自然のこととして受け入れる心の準備が整いつつあったようです。

80歳ならあと4年。4年なら、長患《ながわずら》いもしないでフェードアウトできそうだと思えました。

でも、80歳が近づいてきても、いっこうに「試合終了」になる気配はなく、あらら、どうしましょう、「延長戦」に突入しちゃったわ。というわけで、いまも試合は続行中です。

中村メイコは82歳のいま、人生の「延長戦」を生きています。お掃除も洗濯も、食事のしたくも、ベッドメイクもして、つまりは、身の回りのことをいまだに自分ででできる状態にあります。けれど、「延長戦」とあいなったいま、肉体は76歳の、「這《は》ってイスタンブール」へ行ったころよりも、いっそう衰え、疲れやすくなっています。

明日死んじゃうかもしれません。でも、まだ、死なないかもしれません。毎日が、生と死のいわば、瀬戸際状態です。ただ、とにかく、与えられた命である以上は、その寿命が尽きるまで、人生の「延長戦」をもう少しがんばって生きるしかないみたいです。

いろんなところが、なにげなく壊れてきました

80歳を超えたころから、体も頭も刻々と壊れていくのを感じるようになりました。なにげなく、ふつうのことのように壊れていくのです。体中の筋肉という筋肉がす

べてゆっくりと、確実に、かすかな音をたてながら壊れていきます。

ほんの半年前はソファの肘掛に片手を置いて、その手にグイと力を入れれば立ちあがれたのに、いまはテーブルに両手をつかなければ、立ちあがることはできません。ペットボトルの蓋を開けようとしても、1ミリたりとも動いてくれません。とくに激しく衰えてきているのが足腰で、ここ1、2年のあいだに歩幅がすっかり狭まって、チョコチョコ歩きになっています。そのうえ、つまずいたり、転んだりするのが怖いものだから、段差がないかな、なにか落ちていないかなと、足先で床を探ってから踏み出すのです。足先がセンサーになっているのね。で、チョコチョコ歩きに、「そろり歩き」が加わることになります。

ところが、舞台に立つと、あーら、ふしぎ！　スパッ、スパッと歩けます。これは、女優の見栄のなせるワザ。見栄とはときに、火事場のバカ力並みの、不可能を可能にする大変なパワーを発揮するようです。

ところで、刻々壊れていっているのは体だけではなく、頭のほうも同様です……。

「物忘れ」に磨きがかかる老夫婦

『人生の終いじたく』を書いた76歳のころには、夫婦して固有名詞が出なくなっていて、名前が思い出せないまま会話が成立するという不可思議な現象がすでに起きていました。あれから6年、夫婦そろって順調にボケが進んできています。

「ねえ、私が大好きだった、あの男優、なんてったっけ？　すっごいいい男だった……」

「おれに聞くな。おれだって自分の好きな女優の名前を思い出すだけで精一杯なんだぞ」

それはそうね。大変、失礼しました。

というわけで、最近では、長女のカンナに電話をかけると、コール音がした瞬間から不安になるのです。「もしもし、カンナ？」。娘はその声に、私の不安な心を敏感にるのです。

察知して、

「なにオドオドしてるの? 大丈夫よ、お母さん、今日はこれがはじめての電話」

1日に何回も電話をして、おなじことをいっているのではないかと、つい不安になるのです。

このごろは、おもしろい冗談をいおうと思っても、躊躇《ちゅうちょ》します。この話、もう何度かしているかもしれないと、心配になって、オチをはじめにいってから、「この話、私、前にした?」「ハイハイ、3回ほどうかがいました」なんて答えが返ってきたりするのです。たとえ、はじめての話でも、オチからいったら笑えませんって。

シジミという飼い猫が、ミアーンと私のところにすり寄ってきて、「なんか、食べるものちょうだい」と訴えかけます。でも、私はというと、エサをやったかどうか思い出せません。うーん、どうだったかなあ、午前中に、かならずエサをやることにしているんだけどなあ。

そこで、「さっき、あげたよね、シジミ?」「アーン」「あげたよ」「アーン」「あげてない?」「アン」。3回ほど猫と押し問答したあげく、私はすっかり自信をなくして、キャットフードをとりにいくというのが、いつものパターンです。
結局のところ、私は猫に見透かされ、なめられているのですね。猫にもだまされる82歳です。

いまになってつくづく思うのは、若いころの脳みそって、大したものだということです。固有名詞を思い出せないなんてことはありえないし、一度でも自分がした話は、どこで、いつ、だれにその話をしたのか、ほとんど正確に覚えていたものです。もちろん、朝、猫にエサをやれば、そのときの映像が真夜中になっても頭に鮮明に残されていました。

仕事のスケジュールも、何月何日の何時からどこそこでリハーサルというようなことは、マネージャーからいわれれば一度で覚えられたし、酔っぱらおうがなにしようが忘れなかったものです。

いまは、なんでもメモ、メモ、メモ。メモをしないと忘れちゃう中村メモコでございます。

きっと、いつのころからか、記憶力という陸地が年齢という波に毎日、少しずつ、少しずつ削られ、浸食されていって、気がついたらこんなふうになっていたというこ となのでしょう。さしずめ、もっとも早く失われていく固有名詞は、海岸線あたりに散らばっているということね。

ところが、ふしぎなことに、猫にもだまされる82歳が、セリフを覚える速度にかんしては、若いころとほとんど変わらないのです。しかも、私は千秋楽とともにセリフは全部忘れちゃうのですが、何年か前にやった芝居を再演するというとき、「あそこの場面のセリフは?」と聞かれると、そのセリフがすっと出てくるのです。

おそらく、芝居のための記憶力は、日常生活で使っている「陸地」とはまったく違う、波にさらわれることのない場所、それも、必要なときにはすぐにとりだせる場所に、大事にしまわれているのでしょう。

セリフ覚えが、この年になっても衰えないことを自慢しても、あまり意味はありません。セリフをすぐに覚えられたり、何年も忘れないでいられたりするのは、「職業病」

みたいなもので、この能力は、日常生活における記憶力の保持に役立つことがないことは、なによりいまの私自身が証明しています。

くりかえしますが、いま、私の体も頭も刻々と壊れていっています。だから、まわりの者があとかたづけで困らないように、できるだけきれいに壊れたいのです。

工事現場でも、壊れてしまった家を片づけるとき、あちこちからクギが飛びだしていたり、穴がボコボコ開いていたりすれば、作業員の人たちは大変な思いをさせられるでしょ。それとおなじで、いい加減な壊れ方をしては、あと始末をする子どもたちに苦労をさせることになります。

立つ鳥、跡を濁さずといいます。完全に倒壊する日までに、クギはすべて引きぬいて、穴も全部ふさいでおきたいのです。『人生の終いじたく』を書いたときよりも6年間分、終わりに近づいているのですから、「延長戦」ではあのころよりも入念に、注意深く、自分のまわりを見まわしながら身辺整理をしていかなければならないと思っています。

神津さんにガンが見つかった！

この6年間の大きな出来事といえば、神津さんの大腸ガンでした。『人生の終いじたく』の発刊の1年足らずあとのことで、ガンと聞いて、死んじゃうかもしれないと思いました。ところが、肝《きも》が据《す》わっているというか、意外に冷静でいられたのです。80代に近づくにつれて私自身、死を身近に感じるようになっていたためかもしれません。

幸い早期発見で、ステージも1、それも、場所がよかったと聞いて、安心しました。おなかを開くこともなく、腹腔《ふくくう》鏡で悪いところを切除するだけの手術ですみ、この6年間、再発することもありませんでした。どうやら神津さんはガンから逃げおおせたようです。

手術後の2〜3日は、私も付き添いのために、病室に泊まりこみました。狭い病室には、ふつうの小さな椅子しかなくて、そこに座って眠ったんですよ。朝になると、お友だちなどがお見舞いに来てくださいます。その中に、冷蔵庫を開けた方がいらして、一瞬、言葉を失われたようです。ビールのチビ缶が並んでいたからで、

「ああ、そうか、これはメイコさんのビールですね」

「はい、すみません」

恥ずかしかったです。病院の廊下に置かれている自動販売機にはビールは、さすがに売られていません。家からもってきて、そーっと入れておいたのですが、バレてしまいました。

1週間ほどの入院中は、毎日お見舞いに通いました。日1日と元気になっていく神津さんを見るのはうれしいものです。その神津さんの目を楽しませようと、毎日おしゃれして行きました。白いハーレムパンツと白いブラウスの白づくめでまとめてみたり、エスニックな柄のターバンを巻いたりして。

「どう、お父さん、今日のこのファッション？」

「そんな恰好で、来るな、来るな。国籍不明の、わけのわからん見舞客に見えるぞ」

病室で退屈しているだろうと思って、なるべくおもしろい格好をしてきたのに、これですからね、困ったものです。

神津さんにガンが見つかったのは、たまたまでした。それまではちゃんとした検査など受けたことなどなくて、ただ、あるとき、ほんの気まぐれから、近所のかかりつけのお医者さんに全身の検査をしてもらったのです。そうしたら、「大病院の専門医に紹介するから、もっとこまかく診てもらいなさい」といわれ、そして、その大病院で、ごく初期の大腸ガンが見つかったというわけです。

早期発見で命拾いした神津さんは、私にも定期検査を受けるようにすすめました。

それまで私は、「ガンが見つかったときにはもう手遅れでした」状態で、痛みをやわらげる処置だけはしてもらって、あとはもうガンと戦うこともなく、おだやかにあの世へ逝きたいと願っていました。

ですから、検査で下手にガンなど見つけられたら困るわけで、定期検査など一度も受けたことはなかったし、受けるつもりもなかったのです。でも、素直なところがある私は、神津さんにいわれてすぐに「転向」しました。

ほんの気まぐれで受けた検査によって、ラッキーにも早期に発見できて、簡単な手術で助かった神津さんという「実例」を目の前にして、考えが変わったのです。つまり、ガンを見つけられるのが怖いからと、定期検査をしなかったせいで発見が遅れて、気がついたら痛みが始まっていたということもありえるのだから、それなら、定期的に検査を受けたほうがいいだろうと、思うようになりました。

そして、いまは、もしガンが見つかって、簡単な手術でとりさることができるなら、手術を受けるつもりでいます。長生きしたいわけではないけれど、いやな塊が体の中にあるよりはないほうが、気持ちがいいですものね。

でも、たんに延命治療的な手術なら断固、受けません。80歳を超えたいま、たとえば、手術によって半年間長生きすることに、どれだけの意味があるというのでしょう。「これが私の寿命なのね」と受け入れて、冗談をいってまわりを笑わせたりしながら、残された時間を私らしく生きられたらいいなと思っています。

なにはともあれ、1か月に約1回の割合で、神津さんが手術を受けた大病院に通うようになりました。そしてこれが案外、楽しいのです……。

定期検査で行く病院は遊園地？

担当してくださっているのは、見るからに頭のよさそうな、ロマンスグレーのすてきな50代（おそらく）のドクターで、その先生のことが大好きです。

「今度、○○を調べましょう」

「いやだ、そんなの、私」

「そうですか、いやですか……。じゃあ、やめましょう」

私も大賛成！　いやなことを年寄りにむりに強《し》いれば、ひどいストレスになって死んじゃうかもしれないでしょ。でも、ＭＲＩやＣＴスキャンといった大がかりな医療機器を使った検査はちゃんと受けています。

トンネルみたいなところにはいっていくのが、ＭＲＩです。中へはいると、ガンガンガン、ゴンゴンゴン、ギンギンゴンと、おもしろい音がして、ときどき、シンフォニーみたいに、コンカンキン、コンカンキンという音もしてきます。ＭＲＩのトンネルの中で私は、遊園地に行ったような楽しい気分を満喫しているのです。

ＣＴスキャンはそこへいくと、ちょっと地味ですね。台の上に寝かされて、「ハイ、動かないで」と、指令室みたいなところからマイクでいわれます。

ＭＲＩもＣＴスキャンも全然怖くないけれど、いやなのが採血です。とった血からいろいろな数値が明らかになるそうで、いくら私でも「いやだ、そんなの」と、わがままはいわずに、おとなしくしたがってはいます。でも、私の血管がとてもほそくて、うまく針がはいっていったためしがありません。

「はいったかな、まだかかな」と待つ時間が、たまらなく怖いのです。でも、あちらは、「あれ、うまくいかないなあ、これじゃダメか、じゃあ、これでどうかな……ブスッ」なんてやっているわけです。何度も何度もやり直しているうちに、血液が漏れて、内出血みたいに皮膚が黒ずんできたりします。あるとき、たまらずに叫びましたよ。

「やだ、アザになっちゃう。ヤクザの出入りみたいになっちゃった！」

「そんなこと、大きな声でおっしゃらないように」

で、また、「あれ、はいらないなあ」ですから、たまりません。


けれど、ようやく採血ができて、それを検査にまわし、出てきた結果は、いつだっていたって良好。あれだけお酒を飲んできて、少なくなったとはいえ、いまも律儀に毎日、飲みつづけているというのに、肝臓の数値は3つとも正常だそうで、私にはわからない、ほかのもろもろの数値も問題なし。ロマンスグレーのすてきなドクターが、数値を見ながら、太鼓判を押してくださいます。

「80歳をすぎてこれなら大丈夫、大丈夫」

検査でガンが見つかったら、怖いか？　ですって。怖くないです。80歳をすぎていれば、「メイコちゃんのガン、めっけえ！」みたいなもの。82歳の体には、ガンのひとつやふたつはかならずあるだろうし、それが見つけられたら、むしろラッキーかもしれません。

そうはいっても、「お酒」は欠かせない

チョコチョコ歩きにも負けず、猫にだまされるほど衰えた記憶力にもめげずに、お酒はあいかわらず毎日、欠かさず飲んでいます。よほど肝臓が強いらしく、この年になっても肝臓のいろいろな数値はすべて正常だと、ドクターのお墨付きをいただいています。

そうはいっても、弱くなったもので、この5、6年で酒量が半分ほどに減ってしま

いました。

さきほどちょっとふれた「チビ缶」をご存じですか? 135ml入りの小さな缶ビールです。お店ではなかなか売っていないけれど、ネットではすぐに手にはいると聞きます。うちにはこのチビ缶がズラーッと冷蔵庫にはいっています。毎朝、飲むのにはちょうどいいサイズで、これを1缶飲んでから、仕事のある日は仕事に出かけ、オフの日は家事を始めます。チビ缶は1日のスタートを切るためのエンジンみたいなものです。

会議室を借りて、長時間の取材を受けるときなどにちょうどいいのが、ビールのアップルジュース割り。リンゴの酸味と甘みが加わることで、女性が楽しめるようなおしゃれな飲みものになります。このビールのアップルジュース割り、興味がおありだったら、ぜひつくって飲んでみてください。

料理に合わせて飲みものを決めるのがふつうだけれど、私は違いますよ。夕食では、その日に飲みたいお酒の種類に合わせて、つくる料理を決めます。ワインを飲みたいなという日にはイタリアンもどきやフレンチもどきをつくるし、日本酒が飲みたいなとなったら、かならず和食にします。これがお酒に対する、私流の敬意の払い方、などと気取ったことは申しません。ただただお酒が好きなのです。

10代の終わりには飲んでいたから、お酒とはかれこれ70年近くのおつきあいになります。ずっとお世話になりっぱなしで、お中元やお歳暮をいくらさしあげても足りないほど。楽しく酔っぱらわせてもらっただけではなくて、女優にしてはめずらしく睡眠薬も精神安定剤も飲んだことがないのもお酒のおかげです。お酒をちゃんと飲むと、いつでもどこでも、パッと眠れます。

お酒は鎮痛剤の代わりにもなります。

舞台では、セットの家具の角に向《む》こう脛《ずね》を思いきりぶつけたり、五寸釘を踏んだり、文字どおりの痛い目にたくさんあってきました。ケガをするのは、役者の宿命みたいなものですね。で、五寸釘を踏んづけてしまったときも、病院の先生が、

「もし痛くて眠れなかったら……」

「いえ、大丈夫です、お酒を飲みますから」

「とんでもない、ケガをしているときに、お酒はダメです！」

鎮痛剤を処方されましたが、やっぱりお酒を飲んじゃいました。そうしたら、翌朝までぐっすり眠れて、結局、鎮痛剤の出番はなし。

睡眠薬や精神安定剤、そして鎮痛剤の代わりにもなるのだから、お酒はじつに偉大ですね。


お酒を飲まない生活は、私には想像がつきません。最期の最期まで、お酒を飲みつづけられたら本望です。そして、最期の最期まで飲みつづけるためにも、この年になって、無茶な飲み方をして、べろんべろんに酔っぱらって前後不覚になるようなマネは、決してしないつもりです。

前後不覚は、臨終《りんじゅう》にとっておきます。

ベッドメイクは、いまも私の日課です

猫のハッチとシジミも元気です。ハッチは9歳、シジミも7歳になりました。うらやましくなるほどのマイペースぶりは、6年前とおなじ。生きものを身近に感じながら暮らす幸せが、年とともにより深く感じられるようになりました。

そして、お仕事も家事も、『人生の終いじたく』の6年前と変わらず続けています。

この6年間、仕事の量はほとんど変わりません。82歳で昼夜2回の1か月公演もこなしましたし、ウィークデイはほぼ毎日、仕事に出かけているのです。それに、家事は私にとって、長年の道連れのようなもの。家に帰ると、片づけをしたり、掃除をしたり、洗濯をしたりして、部屋の中をチョコチョコと歩きながら、なんだかずっと動きつづけています。もちろんお料理もつくりますし、60年来のベッドメイクはいまも私の日課です。

とくに台所に立っていると、ふしぎと仕事の疲れがとれてきます。機械と名のつくものが苦手な私は、いまだに食洗器は使わないで、食器は手で洗っていますし、スライサーやカッター、皮むき器などの便利そうな調理器具もあまり上手に使えなくて、もっぱら包丁で切ったり、むいたりしています。

ただ、スライサーと皮むき器はうちにもあることはあります。デパートの実演販売を見て、「これは便利そうだ!」と感心して、つい買ってしまったのです。実演する人は、鮮やかな手さばきで切ってみせるし、なんといっても話がうますぎます。お見事な口上《こうじょう》に、私、「よっ、だいとうりょう!」などと声をかけていたら、「やめてください、メイコさん。やりにくくって仕方ない」と照れていました。

ところで、「だいとうりょう」を「大統領」だと勘違いしている人がけっこう多いのね。でも、あれは「大棟梁」のほう。棟梁たちを統括するのが大棟梁だから、エラいのです。

話をお料理に戻しましょう。

この年ですから、野菜を千切りにするのが面倒なときには、ざく切りにしたり、卵焼きをつくるのがやっかいだなと思えば、目玉焼きですませたりします。その手のバリエーションを主婦はいっぱいもっていますものね。

ただし、ごはんにかんしてだけは、1日1回、1合に満たないわずか7勺《しゃく》ほどを、心をこめて炊きます。神津さんはごはんを1日1食しか食べないので、きちんとつくりたいのです。いいお米屋さんと仲良しになって、そこで買った、厳選された新潟の最高級のお米をといだあと、計量カップではなく、いまだに昔ながらの方法で手を使って水加減をしてから、炊飯器で炊くのです。

1日1回、おいしいごはんを食べさせることだけは続けていきたいと思っています。長く生きていると、人間はどこか生きることにぞんざいになって、一緒に暮らしている夫にも、そして自分自身にも、なあなあのなれ合いになって、「まあ、いいかな」が口癖にもなってきがちです。

じつは、私はこの「まあ、いいかな」と思い切ることが、大好きです。どこまでも完璧を求めるタイプではなくて、適当なところで手を打つのが、得意ワザのひとつともいえます。そして、だからこそ、そのぶん、これだけは手を抜かないで一生懸命、死ぬまでやったと思えることが、せめて3つはほしいと思っていて、おいしいごはんを毎日、神津さんに食べさせることは、そのうちのひとつなのです。

ちなみに、あとのふたつは、おしゃれをすること、そして、動物を飼ったら、最後までとことん責任をもって生活をともにすることです。

部屋にはお花をたやすことなく、いつも飾ってあります。スーパーで買った安いお花ですけれど、お花を飾ることは絶対にサボりません。

家にいるときも、おしゃれには気を使い、エプロンひとつでも洋服にきちんと合う色柄のものを選ばないと気持ちが悪いのです。

出かけるときには、洋服はもちろん、メガネから帽子、アクセサリー、靴、バッグ、そしてマニキュアの色にいたるまで、すべてを考えてコーディネートしますし、外からは見えないけれど、下着の色もその日のテーマカラーと同色系でそろえています。

延長戦にはサドンデスがつきもの。人生の延長戦でもそれはおなじです。いつサドンデスが訪れるか知れない緊張感の中で、1日1日を少しでもうるおいのある、遊び心に満ちた、楽しいものにしたいのです。そして、清潔で、こざっぱりとした、心地よい空間をしつらえて、その中で最後まで暮らしたいのです。

だから、家事も、おしゃれも、延長戦といえどもおろそかにすることは、私にはできません。

80歳のお引っ越しのために、「大・断捨離」を断行しました

この6年間の最大の変化は、30年住みつづけた、13部屋もある一戸建てから、その3分の1ほどの広さのマンションへと引っ越したことです。広すぎる家に住みつづけることは、年老いた者には肉体的にも、経済的にも大きな負担となります。そこで、

80歳と82歳の老夫婦は、たったふたりで無謀にも引っ越しを断行したのです。

年をとったら、小さな住居に住み、やがて自分が消えていく日にそなえて、生活を縮小する——。この大切さと、このことがもたらす快適さを、マンションの住人となったいま、日々、実感しています。

実際、掃除もラクになりましたし、2階がないから階段を上ったり、下りたりしなくてすみます。キュウリを刻みながら、ふりかえれば冷蔵庫、みたいなキッチンのコンパクトさも、老いた身にはありがたいのです。

けれど、この快適至極の生活を手に入れるためには、ふたりして越えなければならない関門がありました。モノです。大量のモノを処分しないかぎり、3分の1のスペースしかないマンションには住めません。マンションの部屋がどこも倉庫状態になって、暮らすことなどできないのです。

というわけで、毎日、捨てて、捨てて、捨てて、捨てて、捨てて……。とうとう2トントラック7台分ものモノを処理し、始末したのでした。

しつこいようですが、当時、私たちは80歳と82歳でした。老人ふたりが、いわば最後の力をふりしぼって成就した「大・断捨離《だんしゃり》」であり、引っ越しだったのです。もう一度やれといわれても、二度とはできません。不可能です。

第2章では、この無謀で、無鉄砲で、無分別にさえ思えた引っ越しの一部始終について、詳しくお話しすることにしましょう。あなたも今晩あたり、押し入れのモノを捨てはじめるかもしれません。乞う、ご期待！

第2章

延長戦は、トラック7台分の「大・断捨離」から始まった

80歳から叶える、夢のマンション暮らし

「思い立ったが吉日」という言葉は、老人のためにあるのかもしれません。

人生最後の引っ越しを敢行したのが、２０１４年、神津さんが82歳、私が80歳のときです。あれから2年少々たちますが、いまならあの引っ越しはできません。あれが限界の、ギリギリの時期だったと思います。

年老いた身には1年という時間の経過が重くのしかかります。わずか1年で腕力も脚力も急速に衰えていき、しゃがめなくなる、重いものが抱えられなくなる、腕が上がらなくなるといった具合に、1年前にはできていたことが、次々にできなくなっていくのですから、情けない話です。

引っ越しにかぎらず、たくさんのモノを始末するにしても、旅行に出かけるにしてもなにをするにしても、あとのない老人は思い立ったが吉日、即刻、実行に移すこと

が重要だと、しみじみ感じました。

そもそも80歳をすぎた私たちが、なぜ引っ越しをしなければならなかったかというと、30年間住みつづけてきた家が、あまりにも広すぎたためでした。私たち夫婦が最盛期に力をふりしぼって建てた一戸建ては、大した家ではないけれど、部屋数だけはやたら多かったのです。

家族５人に加えて、神津さんのお母さまや神津さんのお弟子さん、お手伝いさんもいました。それぞれにひと部屋ずつ必要だったし、ほかにもお客さん用の部屋、衣裳部屋、仕事部屋、そして、呑兵衛《のんべえ》の私たちの必需品、「酒蔵」まであって、地下1階、地上2階、部屋数13という、とんでもない広さにふくれあがってしまったのです。また、それとは別に地下でつながっている私の母用の小さな家もありました。

さらにいえば庭には倉庫が４つもありましたし、関係ないけれど、大型犬2匹のためのプールまであったのですから、もうメチャクチャです。

ところが、時が流れ、母が亡くなり、３人の子どもも次々に家を出ていって、お弟子さんたちも独立していき、ブラジル人のお手伝いさんも国に帰ってしまい、だだっ広い家に私たち老夫婦が、ポツンと取り残されたのです。

広い家は掃除も大変です。ドイツ製の掃除機は老いた体には、いかにも大きすぎ、いかにも重すぎました。掃除機にふりまわされ、フーフーいいながら、広い家中を掃除したものです。

お金のこともありました。大きな家は水道代から光熱費まで、とにかくお金がかかります。収入もめっきり減った夫婦には、分不相応の生活だったのです。

自分たちの老後の生活を考えたら、住居も含めて生活全般を縮小しなければならないことは明らかでした。いつしか、ムダに広いだけの家から、狭くて快適なマンションへ引っ越すことが、私たち夫婦の目標となり、老後の夢ともなっていきました。

家の間取りのことなど、私にはよくわかりません。何とかDKとか、何とか平米とかいわれてもピンとこないし、6畳だ、8畳だと聞かされてもどのくらいの広さか、よくつかめません。そんな状態ですから、家探しはすべて神津さんにおまかせでした。

「どんな間取りでも、私はOKよ」という感じですね。

長年、舞台や映画のセットの中で芝居をしてきた身です。セットに合わせて演じることに慣れています。新しいマンションがどのような間取りでも、それに応じて楽しく暮らせるという自信みたいなものがあって、なんでもござれ、文句はいいませんというスタンスだったのです。

それでも、神津さんがキッチンにはとくに気を使ってくれて、私にも見ておくようにといいます。いってみると、小さくて、かわいらしいキッチンで、私は即、「これで十分よ」。こうして、新居が決まりました。

そのマンションの入口では、見上げるような楠《くすのき》の大木が私たちを迎えてくれました。枝を空へ向かって高く伸ばし、緑の葉が風にゆれて、サワサワという葉音が聞こえます。太い幹は大人ふたりで腕をまわしても余るほどで、なんでも、江戸時代からそこに立っていたそうです。

外出のたびに、楠の大木をうれしそうに見上げる自分の姿が目に浮かび、そして、80歳からの残りの人生が、ほんわか温かなものに感じられました。

減らせ、減らせ、どんどん減らせ！

地下1階、地上2階、合計13部屋に、倉庫が4つ。この一戸建てに収まっていたモノの数は、ハンパない！「半端ではない」なんて辞書にある言葉ではお行儀がよすぎるほど、とてつもない数のモノたちがしまいこまれていたのです。

『人生の終いじたく』でも書きましたが、いまから数年前にも一度、私のモノを中心に、2年ほどかけて3分の1に減らしています。そのときのきっかけは、神津さんのひとことでした。

「あんたが先に逝ったら、じいさんがパンストに埋もれて整理することになるんだぞ」

たしかに、グレイや黒やモスグリーンや赤や黄色やブルーのカラフルなパンストが段ボール1箱に詰まっていました。年老いた神津さんがカラフルなパンストを整理している姿が頭に浮かび、そして、私は深く反省したのです。残された子どもたちに迷惑をかけないためにも、モノを始末して身辺整理をしておこうと、一念発起して、洋服、着物、靴、バッグ、食器、調理道具、文房具、映画の台本、スチール写真、出演した番組のビデオなどを大量に始末しました。

それからは、洋服などでも、1着買うとしたら、なんらかのかたちで1着始末するようにしていましたので、それほど増えてはいなかったはずです。

こうして3分の1にまでモノの数を圧縮したといっても、それらは広いスペースがあったからこそ、気持ちよく収まっていたのであって、3分の1の広さしかない新居にはどう逆立ちしたって、はいるはずはありません。

始末するしかない、始末しなければ、引っ越しできません。老夫婦ふたりはくる日もくる日も必死でモノを処分し、捨てつづけたのです。

「老いる、朽ちる、もうじき死ぬ、だから捨てる」

数年前の「終活」ですべて捨てたつもりだった、仕事関係の台本や写真や資料や雑誌などが大量に見つかりました。母が捨てられずにとっておいたのでしょうね。

2歳半から約80年間も仕事をしてきたのですから、残った台本だけでも膨大な数になりますし、ほかにもブロマイドだの、私が載った雑誌だのがワンサカ出てきました。

歴史的な写真などもあるはずだと、NHKの人も見にきましたし、雑誌社の人たちもやってきました。「勝手にもっていって」と、私はあっさりしたものです。

戦争中の『主婦の友』や『暮しの手帖』のごく初期のものなどをもっていったようで、残りはすべて捨てました。

茶色くなった古い台本を手にすれば、やはり遠い昔がよみがえります。捨てるのがしのびなかったけれど、そんな感傷にひたっていたらきりがないと、思い切りました。

神津さんもグランドピアノやいろいろな電子楽器といった大物を次々に処分していました。グランドピアノを処分するのは、つらかったはずです。それ以上に、上海からもってきたというアップライトのピアノを捨てるときは悲しかったらしく、さすがに肩を落としてしょんぼりして見えました。

新婚のころからずっとアンティークの飾りものとして客間に鎮座《ちんざ》していたピアノです。亡き父上の形見だったといいます。むりをすれば、なんとか新居に入れられなくもなかったけれど、でも、神津さんは処分しました。

神津さんは作曲家だけあって、とてもロマンティックな男性です。私が「今年はサンマがけっこう安いわよ」といえば、「食事の前にそういうロマンのない話をするな」ですからね。ところが、ロマンティシズムが現実と衝突する場合には、迷うことなくロマンティシズムを切り捨てて、現実を優先させます。それはもう非情なほど潔いのです。その点では、私たちは似た者夫婦かもしれません。

実物よりもずっと美人に描かれた、私の肖像画も出てきました。絵の端には「メイコちゃんです」と書かれてあり、署名を見ると、東郷青児とあったのにはさすがにおどろきましたが、それも捨てました。

赤ちゃんだったカンナを描いたかわいらしい絵には、「カンナちゃん、おたんじょう、おめでとう　谷内六郎」というメモが添えてありました。谷内六郎さんといえば、『週刊新潮』の表紙を長年描いていた方です。カンナが「お母さんがいただいたのだから、好きにして」というので、それも捨てました。

いくら割り切っているつもりの私でも、そのような絵や、また、古い写真を捨てるときには、思い出を捨てさるような痛みを覚えたものです。捨てようとするたびに、実際に心臓のところがキュン、キュンと痛むのでした。

でも、それが老いるということなのだと思いました。心に痛みを覚えながらも過去や、過去の思い出と少しずつお別れしていくことが、老いることであり、人生の終いじたくなのだと。

80歳にもなれば、体力だけでなく、心も衰えてきます。年老いた心にたくさんの思い出をぎゅうぎゅうに詰めこんでいては、パンクしちゃいます。パンクしなくても、重たくて先に進めません。そうなれば、過去という、うしろにばかり心が引きずられてしまい、残された日々を前をきちんと向いて歩むことができなくなってしまいます。

「老」という字をじっと見ていると、私にはそれが「朽」という字にかたちがどこか似ているような気がしてきます。そして、この似た者同士のふたつがくっついたとき、老いて、朽《く》ちて、そして死ぬのです。

老いる、朽ちる、もうじき死ぬ、だから捨てる——。この言葉を毎日、毎日、呪文のように唱えながら、たくさんの思い出、たくさんの思い出のモノたちとお別れしていきました。

大事に集めてきたもの……みんなみんな、捨てちゃいました

数年前にあんなにたくさん処分したのに、地下の6畳ほどの衣裳部屋にも、私の部屋のクローゼットにも、まだぎっしり洋服が詰まっていました。下手なブティックよりも、よほど多かったはずです。

「私ってバカだね、なんでこんなに買っちゃったんだろう……」

と、何度思ったことか。数年前に結局処分できなかったものの中には、これはあのときの思い出の洋服だから、ママが買ってくれたドレスだから、などと思ったのでしょう。この年では絶対に着られない少女趣味っぽいものまで何点もはいっていました。

ああ、この少女趣味を断ち切るのが、ばあさんになるということなのね。そういいきかせながら、せっせ、せっせ、せっせとゴミ袋に入れていったのです。

ほかにも大量に処分したのが、靴。ムカデか、東京のイメルダ夫人かというくらいのたくさんの靴を、数年前にも始末しましたが、それでも何十足と残っていたのです。それがいまは、15足のみ！　えらいでしょ。

何十足もの靴の大半が、スタジオで1回か2回履いただけで、土の上を一度も歩いていないものでした。新品同様の靴を少しでも救い出したくて、講演会などに来てくださった方々にお送りしました。講演会の最後に、

「私の足は22センチか、22・5センチと小さいのですが、もしサイズの合う方がいらして、履いていただけるようならお送りいたします」

そして、手をあげてくださった方々の住所をうかがっておいて、後日、宅急便で全部お送りしました。こうして数十足はなんとか減らすことができましたが、あとは全部廃棄処分です。ホントにもったいないけれど、仕方ありません。

足がムカデなら、頭はヤマタノオロチか？　帽子も20個はありました。そのほとんどを処分して、手元に残ったのは5個ほど。帽子ってかさばるから、マンションには

多くはもっていけません。

あと、もうお恥ずかしい話ですが、文房具が大好きで、かわいらしい便せんや封筒が山のように出てきました。使い切れないほど買ってしまった自分の愚かさを呪いつつ、もう二度と買いすぎないぞと誓いながら、みんな捨てちゃいました。

器もまだまだ残っていました。結婚式の引き出物などでちょうだいした海外ブランドの食器セット、伊万里《いまり》や古伊万里、九谷《くたに》、清水焼、益子焼《ましこ》といった日本の陶磁器、などなど、そのほとんどが未使用でした。それらは知り合いの収集家の方や、昔よく行っていた何軒かのお料理屋さんが引きとってくださいました。

手元に残ったのは、老夫婦ふたりが毎日の食事で使うぶんと、あとは子どもたちや孫たち、お嫁さんや杉本哲太さん（次女のはづきのダンナさまです）たちが来たときのためのディナーセットくらい。食器類だけでも4分の1ほどに減りました。

それにしても、よくぞためこんだもの、そして、よくぞ処分したものです。

モノがどんどんなくなっていくにつれて、心もどんどん軽くなっていくのを感じました。資料の山、洋服の山、靴の山、文房具の山、食器の山……。目をつぶると浮かんできて、なんとかしなければと私をあせらせ、眉間にシワをつくらせていたいくつもの山がひとつひとつ消えていき、そこが「平野」に変わっていったのです。見通しもよくなったぶん、気分が晴れ晴れしてくるのも当然ですね。

着物70枚以上を、みずからの手で葬りさる

洋服や靴やバッグや食器などとは比べものにならないほど、捨てるのがつらかったのが、着物です。

着物はお値段も洋服とは段違いですし、伝統工芸品といえるような着物も何枚も含まれています。

それぞれの着物にはそれぞれの思い入れがあり、それらを捨てるとなると、胸が痛

みました。ほとんどが、撮影や番組で1回か2回着ただけのものです。それらを、どなたかに着ていただければ、着物も喜ぶでしょうし、私としても少し気がラクになります。

そこで、知り合いの女性たちにうちにきて、気に入った着物や帯や帯締め、半襟《はんえり》などをもっていっていただきました。神津さんの音楽関係の方で、琵琶奏者の美しい女性がいます。その方は私よりよっぽど美しく、何枚ももっていってくださいました。ホントにありがたいことです。

こうして数十枚の着物をなんとか、破棄の憂き目から救い出すことができましたが、それでも、それらはごく一部にすぎません。

紅白歌合戦で着たお振袖、娘たちの成人式にあつらえたもの、ひばりさんにいただいたものなどには、若かったころの思い出が詰まっています。リサイクルショップへもっていったら、とんでもなく安い値段をつけられてしまいます。

娘たちの成人式にあつらえたお振袖をためしに聞いてみたら、1000円ですって！　そんな値段で売っては、着物に対しても失礼ですし、それなら、いっそのこと、思い出とともに、みずからの手で葬りさったほうが、気持ちもすっきりします。

というわけで、着物を次から次へと捨てていったのです。全部で70枚ほどは捨てたでしょう。いくら合理的に割り切っているとはいえ、切ない作業でした。それでも、すぐそこに死が待っているのですから、いつまでももっていたってしようがありません。そう、老いる、朽ちる、もうじき死ぬ、だから捨てる、です。

いま手元にあるのは、死ぬまでに1回くらいは袖を通すかもしれない着物が数枚と、母と義母の形見が1枚ずつあるだけです。

少ないモノで暮らす日々は、豪華客船の旅気分

モノを捨てに捨てて引っ越してきた先の、マンションでの生活には大満足です。階段がないことが老いた身にはどれほどありがたいことか。もちろん、掃除機をかけるのも、拭き掃除をするのも、3分の1ほどの労力ですむのだから感激です。

コンパクトなキッチンが使いやすいのにもおどろきました。以前は調理台と冷蔵庫とテーブルの間が離れていて、行ったり来たりするのにもけっこう時間がかかっていたんだなと、越してきてはじめて気づきました。棚の上のほうの鍋などをとるときには、踏み台に乗っていたのですから、年寄りには危険がいっぱいでした。

いまは調理台にいて、ちょっとふりむいただけで冷蔵庫に手が届き、できあがったお料理をテーブルまで運ぶのも、チョチョッと歩けばすむのです。

しかも、電気代、ガス代、水道代も劇的に安くすんでいるのです。前の家では電気

代だけでも10万円以上かかっていたのが、いまでは全部合わせても3万円くらい。

このように、小さな家に移ったことで、肉体的にも経済的にも負担が大幅に軽減されたのです。年寄りの老夫婦には、コンパクトな家にかぎります。広すぎない家で、少ないモノと暮らすことの快適さを、つくづく実感する毎日です。

モノを捨てて、引っ越しをして、ホントによかった。

東京を離れて名古屋や大阪などで1か月間の舞台公演があるときには、初日の数日前に、引っ越し用のトラックが1台到着したものです。4つあった倉庫のひとつには、楽屋暮らしに必要なモノが詰めこんでありました。それらの荷物をトラックにすべて載せて、東京から遠く離れた劇場まで運ぶのです。

楽屋で食事をつくることもあるので、炊飯器や鍋、釜、食器の類、それに食器をしまう水屋《みずや》も2棹《さお》もっていきました。鏡台もいるし、楽屋には隠れる場所がないので、着替えをするときのために折り畳みの屏風《びょうぶ》は必需品です。ほかにも暖簾《のれん》一式とかソファとか、舞台の外で着る洋服や靴、アクセサリー、化粧道具などももっていってもらいます。

1か月間、あちらで暮らすには、それなりの数のモノが必要になるのです。

ある日、家の中を見まわしながら、ふと気づきました――。

いまの生活は、1か月間の地方公演みたいなものだ、と。化粧品も、バスタオルも、着替えの洋服も、地方公演でもっていった程度しかないし、そして、それだけあれば、不自由なく、ちゃんと快適に暮らせるのですね。いかに多くのムダなモノたちに囲まれて暮らしてきたか、われながらびっくり仰天、あきれはててています。

70代も後半にさしかかったら、旅をしている感覚で生きていくといいみたいです。重たい荷物を背負っていては、前へ進めないでしょ。モノへの執着を捨てて、昔の栄光の日々や虚栄心やお金へのこだわりも断ち切って軽装になれば、その身軽さを友に、旅を楽しめるというもの。

私たち年寄りに残された人生は長くはなく、終わりへのカウントダウンもすでに始まっています。なにやら深刻な話になりそうで、ごめんなさい。でも、カウントダウンが始まっているからこそ、不安とか焦燥とか怒りとか重荷とかいったイヤなものはなるべく近づけずに、軽やかに、愉快に、ほがらかに、楽しく生きていきたいですよね。

そのためには、不要なモノを捨てることが、第一歩かもしれません。モノを捨てることで、モノへの執着を捨て、そして、モノにまつわる、あまりにも多すぎる思い出を整理することもできるのだと思います。

人の一生は重荷を負うて遠き道をゆくが如し――。徳川家康さんの言葉だそうです。でも、私たちはすでに遠い道をさんざん歩いてきました。その最終段階にさしかかったいま、もう重いものなどワーッと捨てちゃって、軽いリュックひとつかついで、弱ってはいるけれど、歩幅も狭いけれど、足の指先で地面をスリスリしてたしかめるけれど、とにかく自分の足で旅が続けられたらいいなと思っています。

1か月公演のはじまりはそういえば、北欧かどこかをめざす豪華客船のすてきな旅に出かけるような気分でした。半年なら半年、1年なら1年の旅に必要なものを数個のスーツケースに詰めこんで出発する、すてきな船旅。1か月の地方公演とともに、船旅もまた、いまのマンション暮らしに似ています。

ところで、豪華客船の旅が途中で、あの世への旅に変わるかもしれません。自分の荷物を船から運び出してくれるのは、たぶん家族です。その家族のためにも、荷物は少ないにこしたことはありません。3分の1ほどに減らしたけれど、暮らしていれば、少し油断すると、おなかにつく贅肉《ぜいにく》のようにモノが増えてくるものです。いつも目を光らせて、いらなくなったモノは捨て、余分なモノを買わないことを心がける必要があるようです。

老後といわれる年代にはいったら、つねに、モノを減らす努力を続けることが必要でしょう。それも、ある程度の体力が残っているうちに……。

すばらしき、生まれてはじめての「ご近所づきあい」

生まれてはじめて「ご近所づきあい」ができるようになりました。まさかこの年で、そんなすてきなことが始められるとは思ってもいませんでした。

以前は忙しかったこともありますし、それに、前の家の隣近所はどこも立派な邸宅で、門から玄関までも遠かったりして、気軽にお訪ねするという雰囲気ではなかったのです。ほんのたまに、たくさんいただきものをしたときなどに、おすそわけにうかがう程度でした。

ところが、いまのマンションは違います。マンションといっても、1軒1軒がポツンポツンと離れていて、お隣とは少し距離があるのですが、それでも通路には屋根がついていますので、雨の日でも傘をささないで、自分のつくったお料理などをおもちすることもできるのです。

何十年も大家族の食事をつくっていたので、いまだにちょっと多くつくりすぎてしまいます。つくりすぎた分を手に家を出て通路を行き、お隣までたどり着いたら、ピンポーン！

「多くつくりすぎたので、おすそわけです」

「まあ、メイコさんがおつくりになったの？」

「ええ、不出来ですけれど、よかったらめしあがってください」

あちらからも気の利いたものをちょうだいしたりして、そういった行き来が両隣のお宅とあり、私は調子にのって、週に1、2回はどちらかのお宅をお訪ねしているありさまです。

生まれてはじめての経験が楽しくてなりません。最初にうかがったときには、ちょっとおどろかれたようですね。ピンポーン！

「どちらさまですか？」

中村メイコです、はおかしいかなと、とっさに、

「宅急便です」

そして、奥さまがドアを開けたら、中村メイコが手にお皿をもって立っていたものだから、目を丸くなさっていました。

はじめてのご近所づきあいで、教えていただいたこともいろいろあります。ある日、お隣の奥さまがぬか漬けのおつけものをもってきてくださいました。マンションではぬか漬けはできないものと、あきらめていたのですが、密封容器でつくっていらっしゃるとのこと。それがまた美味で、以来、まねっこしてうちでもつくるようになりました。

おすそわけするときには、いい器などに入れてもっていってはいけないことも知りました。お隣の奥さまからおかずをちょうだいしたときに、ああ、こういうことなのねと、感心したのです。私のいい加減な料理もすてきな器に盛ると、少しはおいしそうに見えます。でも、おすそわけのお料理を器に入れてもっていってはダメなのね。器を壊さないようにしなくては、とか、その器になにかお料理の1品でも入れて返さなければなどと、先方に気を使わせることになってしまいます。

そのようなことはみなさんにとっては、常識なのでしょうが、ご近所づきあいをしてこなかった身としては、この「発見」が新鮮なおどろきでした。いまは、市販の安い容器にアルミホイルやナプキンをかわいらしくしいて、そこにお料理を入れておもちして、

「容器は捨ててくださってけっこうですから」

などといっている自分が、常識のある一丁前《いっちょまえ》の社会人になった気がして、うれしいのです、82歳ですけれど。

「この前のお料理、おいしかったですわ」などとほめてくださったりもします。もう少し若かったら、通路をスキップして帰るところですが、すり足で家に戻り、さっそく誇らしげに報告しました。

「お父さん、お隣の奥さんにほめられちゃったよ」

「ばかだなあ、それはお世辞だ。いい気になって変なもの、もっていくなよ」

神津さんは妙なものをもっていって私が恥をかいたり、先方にもご迷惑をおかけしたりするのではないかと、すごく心配しているようで、また別の日にも、

「あんたはね、とにかく人に腐《くさ》されたことがない人間だから、自分では料理がうまいと思っているかもしれないけど、おれぐらいだぞ、我慢して食べてるのは」

「だって、おいしいって、お隣の奥さんが……」

「それだよ、それ、そういう能天気だから、いままで呑気に暮らしてきた。ノイローゼにもならないで、主婦と女優と子育てをやってきたんだな」

「だれが3つもさせたのよっ！」

悔しいから、そのときはいいかえしたけれど、神津さんの心配などどこ吹く風、今日もご近所づきあいに精を出すメイコさんです。


このマンションでは、ご主人がリタイアして、老夫婦おふたりで住んでいらっしゃるケースがほとんどです。大半が私たち夫婦と同世代ですから、同級生みたいな感じですね。同世代の方々にとっては、82歳の私はいまだに「メイコちゃん」です。「メイコちゃんに、今日、入口で会っちゃった」なんておっしゃっているダンナさんもいらっしゃったとか。

ところが、ある日、エレベーターを待っていると、ひとりのおじいさまが杖をつきながら、ゆっくりゆっくり歩いてこられました。当然、私よりも年上だとお見受けしましたので、エレベーターの扉を押さえて、「どうぞ」。すると、

「これは、これは、メイコお姉さま、ありがとう」

えっ、お姉さま？　私が？

「メイコちゃんは、私の2歳お姉さままでです」

「さようでございますか、どうも失礼いたしました」

ふたりで笑ってしまいました。おなじマンションの住人という気楽さから、そんなお話がちょっとできるのも、私には楽しいのです。

それでも、知らない土地へ移り住む勇気はもてません！

80歳をすぎてから新しい世界へ踏み出すことができたのですから、引っ越しは大成功でした。

朝食のあとかたづけも終わり、リビングでひと息ついていると、南に大きく切られた窓から朝日が差しこんできます。白い壁と床が日の光を反射して、部屋のすみずみまで明るく照らしだされるのです。

新居のこの白い壁と床も気に入っています。白は光を反射することで、年寄りの肌のくすみを飛ばして、明るく見せてくれます。白い壁と床は、高齢の方々には絶対におすすめ。そして、窓からは例の楠の大木も見えて、都会でありながら自然を身近に感じることもできます。

引っ越してきて、ホントによかった……。でも、そう心の底から思えるのも、新居が生まれ育った東京にあったおかげだと思っています。もしこれが、どこか遠い他県だったら、私は引っ越さなかったかもしれません。

子どものころから慣れ親しんできた土地から根こそぎ引きはがされて、馴染みもなにもないところに住まされたら、いくら能天気にできているらしい私でも、さすがにノイローゼになってしまうでしょう。

親孝行の子どもほど、ひとり暮らしをしている親を引きとって、一緒に住もうとするし、また、老人ホームに入れようとする子どももいるかもしれません。いろいろな事情もあるでしょうが、そのような子どもからの申し出があったときには、とくに子どもの家が遠い他県にあったり、老人ホームが人里離れた山奥にあったりする場合などには、よくよく考えたほうがいいと思います。

いま住んでいるところには友だちもいるし、顔を合わせればあいさつを交わしたり、立ち話をしたりするご近所の人たちもいる、通いなれたスーパーやお店もあるはずです。そういったもののすべてに別れを告げて、新しい環境に飛びこんでいかなければならないとしたら、楽しい気分にはなれないでしょう。

老人ホームにしてもそうです。人里離れた山奥の老人ホームには、おいしい空気と自然がいっぱいあるけれど、それ以外はなにもない、ブティックや映画館はもちろん、スーパーやコンビニもないでしょう。お買い物のひとつもできないなんて、私みたいなショッピング好きの年寄りはどうしたらいいの？

老人ホームこそ都会の真ん中につくってほしいと、政治家の方々に声を大にして訴えたい気分です。70代の後半にもなると、子どもたちに「運転は危ないから」と、たいていは免許もとりあげられてしまいます。でも、車がなくても、都会の真ん中に老人ホームがあれば、コンビニでちょっと好きなお菓子や雑誌などを買えるし、たまには落語を聞きにいったり、封切の映画を観にいったりすることもできます。

どうせ年寄りはじきに死ぬのです。きれいな空気など必要ありません。排気ガスまみれの汚れた空気で上等。汚い空気を吸ったせいで、たとえ寿命が1年縮んだって、落語を1回でも2回でも多く聞けたほうがずっと楽しいもの。

東京にも、あまり用をなしていないような、小さな公園がたくさんあります。ああいうところにこじんまりした老人用の住居をつくることだってできるはずです。なのに、人里離れた豊かな自然の中に年寄りを隔離するなんて、なにか魂胆でもあるのではないかと、疑りたくもなります！

ちょっと興奮しちゃいました。なんの話でしたっけ……。

そうそう、ようするに、遠く離れた子どもの家へ引っ越したり、人里離れた老人ホームへはいったりすると、若い人たちと違って、新しい環境になかなかなじめなくて、寂しい思いをする可能性も高いといいたかったのです。

でも、いろいろ事情もあるでしょうし、そうせざるをえないかもしれません。そうなったらなったで、それを受け入れて、少しでも前向きに生きていけるといいですね。

ただ、いまの家に留まりたいという気持ちが少しでもあるのなら、このままひとり暮らしを、あるいは、老夫婦ふたりだけの生活を続けることも、選択肢として考える余地はあるでしょう。

モノと思い出を捨てるのは、明日を生きるため

最後に、モノを捨てるコツや心構えについてアドバイスめいたことをお話しして、この章をしめくくりたいと思います。アドバイスだなんて、おこがましいことはふだ

んしないけれど、そこはそれ、私、80歳で2トントラック7台分のモノを捨てた、ギネス級の「捨て上手な女」ですので、お許しくださいね。

大量のモノを捨てるもろもろの作業にかかったのは、わずか10日足らずでした。

住んでいた家の買い手がようやく決まると、神津さんはすぐに新居探しにとりかかり、そして、いまのマンションを見つけて契約を結んだ時点で、引っ越しの日にちも約半年後の某日に決められたのです。

半年あったといっても、忙しくてなかなかモノを捨てる作業にはとりかかれません。それでも、捨てる前段階として、この着物は○○さんにさしあげて、伊万里のこの食器は△△さんにもらっていただいてなどと、「行先」を決めることだけは少しずつ始めていました。

そして、引っ越しの日までいよいよ10日を切ってから、猛然と捨てはじめたのです。お茶も飲まず、テレビも見ず、神津さんとおしゃべりすることもほとんどなく、くる日も、くる日も、朝から晩まで、捨てて、捨てて、捨てまくりました。私にこんな集中力があったのかと、自分で自分に仰天したほど。

とはいえ、ときには、手が止まることもありました。思い出の詰まったモノを前にすると、これは捨てないでとっておきたいなと、心が揺れるのです。でも、捨てました。うしろ髪引かれていては、なかなか片づきません。あるときは、「えいやッ！」とかけ声をかけて、またあるときは、例の「老いる、朽ちる、もうじき死ぬ、だから捨てる」の呪文を唱えながら。


「仮置き場」にした一室は、あっという間にモノでいっぱいになり、すると2トントラックがやってきて、それらを運んでいき、そしてまた、じきに仮置き場はいっぱいになって、トラックがやってきて、それらを運んでいく……。このくりかえしで、10日かからないうちに部屋から大量のモノが、消えていったのでした。

いま考えても、よく短期間でこれだけ捨てられたものだと、われながら感心します。最大の「勝因」は、期限が切られていたことでしょう。期限までに片づけておかなければ、引っ越しができないのですから、四の五のいってられなかったのです。

芸能界では「ケツカッチン」という少々下品な響きの言葉があります。お尻の時間が決まっているという意味です。このケツカッチンが、「思い切る」ことを後押ししてくれました。ケツカッチンというくらいだから、人のお尻を叩くのが上手なのね。

ここで私のアドバイス。「終活」でモノをたくさん捨てようと思っているみなさん、やりとげたいのなら、期限を決めるケツカッチンが、絶対のおすすめです。少し短めに期限を設定したほうが、集中力が高まって効率が上がるかもしれませんね。

期限をもうけないで始めると、今日はちょっと飽きたから、明日にしようなどと自分を甘やかしてしまうし、それに、迷うことを自分に許してしまい、作業は遅々として進まず、そのあげく、途中で放り出しちゃうことも考えられます。

モノを捨てるという、精神的にも肉体的にも負担のかかる作業を効率よくやりとげるには、厳しいくらいの期限をもうけて、怠け心と迷い心を封じこめるのがいちばんのようです。

人は、モノに自分の思いを投影し、まるで心のある生きものであるかのように愛着をもって接することがあります。モノが自分の大切な思い出を纏《まと》っているからでしょう。それに、モノに対して人は無意識のうちに敬意を払っていることもあるのかもしれません。

たとえば、セーター1枚でも、羊毛を紡《つむ》いで糸にする人、その糸を染める人、編む人、できあがったセーターを梱包する人、運搬する人、問屋さん、小売店の人まで、たくさんの人々の手をへて、ようやく自分のところにたどり着いたのです。あ、それに、羊毛を提供してくれた羊さんもいますよね。1枚のセーターにはかわいい羊さんと、多くの人たちの貴重な働きが詰まっていることを、心のどこかで漠然と感じているから、簡単に捨てる気持ちにはなれないのかもしれません。

このように、モノに愛着をもったり、モノと別れたくなかったりすることは、こまやかな感情のもちぬしである証《あかし》だと思います。ですから、モノを捨てられない自分を責めることは、決してないのです。

でも、モノによって貴重なスペースがふさがれてしまい、見た目もよくないし、その場所の使い勝手も悪いのなら、その現実をしかと受けとめて対処しなければならないでしょう。つまり、つらくても、モノを捨てなければならないということですね。モノを捨てるときには、うしろ髪を引かれるでしょうが、その思いを断ち切らないかぎり、新しい明日はやってきません。前へ進むことはできないのです。

モノにかぎらず、思い出についてもそれはおなじ。昔の男がいったお世辞も、口説き文句も、においも、さわり方もなにもかも後生大事にとっていたら、心はパンクしちゃいます。パンクしないまでも、新しい男のための空きスペースが足りなくて、いずれの場合も、前へ進むことはできないでしょう。

モノも、男の思い出も、もちすぎは禁物。捨てるモノは捨てて、モノも心も整理整頓することで、はじめて前に進めるのだと思います。

そこで、モノを捨てたいのに捨てられなくて悩んでいる方は、自分自身にいいきかせるとよいでしょう――。昨日はふりかえらない、明日に向かって生きるんだ、と。

カッコつけているみたいだけれど、私自身、この言葉によって、悲しいことや苦しいことを乗りこえてこられたし、つい最近は、モノもたくさん、たくさん捨てることができました。

ところで、ふしぎなことに、捨てたくないな、どうしようかなと、さんざん迷ったモノでも、いったん捨ててしまったら、思い出すことはなかったのです。私の場合が特別なのではなくて、案外、そんなものなのかもしれません。

人の心は当てにならない、不実なもの。大事に思っているつもりでも、それはただの思いこみにすぎなくて、捨ててなくなれば、そのあとはつゆほどの痛みも感じないですむのが人間なのかもしれません。人の心は案外、たくましいもののようです。

2014年の秋のある日、最後のトラックが走り去るのを見届けました。身も心もふっと軽くなり、そして、身軽になった私の目の前には、こじんまりしたマンションで快適に暮らす自分の姿が広がったのです。

80歳だった私は、これから始まる新しい生活に胸をときめかし、わくわくしていたのです、年甲斐もなく……。

第3章

延長戦だからこそ、おしゃれと家事を楽しみましょう

狭いマンションには「小さな酒瓶」に挿した花が映える

スーパーで食料品や日用品などの生活の必需品だけを買って終わりにするのでは、なんとなくむなしい気がします。そこで、隅っこで売られている花を、いつもちょこっと買って帰ります。

安ければ350円ほどの花束もありますし、高くても500円、せいぜい700円といったところでしょう。

道端に咲いている花を摘んで、花瓶に挿すのもすてきだけれど、アスファルトとコンクリートでぬり固められてしまった東京ではもはやそれはぜいたくというもの。かといって、よそのお宅の庭に咲いている花を失敬しては、花泥棒になってしまいます。

前の家では、私の腰まであるような大きな花瓶に、ヒマワリとかグラジオラスなどの背の高い花を活けていたものです。でも、引っ越しのときに、それらの花瓶も廃棄しました。

代わりに使っているのが、小さな花瓶。それも、空の酒瓶が、わが家の花瓶です。吞兵衛とはいえ、80代にはいって、めっきりお酒が弱くなった私。日本酒だと1合瓶で売られているものを飲むようになりました。この日本酒の1合瓶がおしゃれなの。流れるようなシンプルなフォルムの無色透明なガラス瓶は、一輪挿しにちょうどいい、かわいらしいサイズです。そこに季節の花を1輪挿して、玄関の棚や食卓や、トイレなどに飾れば、都会のマンションにも四季が訪れます。

ある日、空の瓶をトイレのタンクの上に、横一列に6本ほど並べて、それぞれに赤いカーネーションを1輪ずつ挿してみました。カーネーションのラインダンスね。神津さんの反応は、「あんた、たくさん、飲んだなあ……」でしたけど。

私の花好きは母の影響でした。その母の言葉をいまも守っています――。

「お花ができるだけ長生きできるように、毎日お水を替えなくてはいけませんよ。それでもお花は枯れます。枯れたお花をいつまでも挿したままでは、お花がかわいそう。

楽しませてくれてありがとうと、心の中でいってから、ちゃんと捨てるんですよ」

花瓶の水を替えることは、私にとって、朝の楽しい儀式のひとつです。花の命を長らえさせるために自分が役立っているという感覚が、82歳の私の心にささやかな満足感をもたらしてくれます。

老婆だけが醸し出せる「枯れマーガレット」の清純さ

ガーベラ、カスミソウ、そして、マーガレットは私の好きな花のベストスリーです。

いつのころからか、ガーベラは八重のものが幅を利かすようになり、ひと重のものにはめったにお目にかかれなくなりました。でも、ガーベラの魅力は薄い花びらがひとひらずつ並んでいる、その慎ましやかな表情でしょう。

最近はいろいろな花を品種改良して、八重にする傾向があるようです。ゴージャスではあるけれど、その花の個性やよさが失われて、どの花も似通った表情に見えてしまい、私のような古い人間には少々不満です。

花も、女性もゴージャスならいいというわけではありません。とくに、女性も年齢とともにゴージャス感はそぎおとしていったほうが、絶対にかわいいと思います。

カスミソウはふつう脇役としてしか使われません。それはたぶん、どんな花にも添うことのできる名脇役だからでしょう。

私はそのカスミソウを主役に据えます。大好きな人のパーティに行くときなどにはよく、カスミソウだけでつくった大きな純白の花束を抱えていくのです。豪華な総レースのような見目麗《みめうるわ》しく、気品に満ちたカスミソウの白い花束は、それ自体が主役でありながら、こちらがどのような色のドレスを着ても邪魔することなく、美しく引きたててくれます。

ひとつひとつの花を見ると、はかなげですが、たくさん集まると華やかさも漂い、華やかさの中にも楚々《そそ》とした表情が見え隠れします。いくつもの、微妙に違う顔をもったカスミソウは、豪華一点張りのユリやシャクヤクやボタンにはない、奥ゆかしさを感じさせ、それがいとおしくてならないのです。

ベスト3の中でも、いちばん好きな花がマーガレット、それも白いマーガレットです。穢《けが》れを知らない清らかさがありながら、たとえ穢れを知ったあとでも、マーガレットならかわいいと思えるからふしぎです。

花がしなびて、枯れかけて茶色に変わりはじめた「枯れマーガレット」は、それでも私には可憐《かれん》に感じられます。そして、女性の中にも、「枯れマーガレット」がいます。それなりに人生経験を積んできたはずなのに、げんに子どももいれば、孫までいるというのに、長い人生で少しずつ沈殿しているはずの澱《よど》みのようなものを感じさせないのです。年齢を重ねて、枯れてしなびて、茶色く変色しているのに、それでもなお、マーガレットの清らかさをどこか保っている女性たちです。

ふしぎです。どうなっているのでしょう。醜いもの、怖いもの、汚いものが目の前に近づいてくると、さっと身をひるがえして、ほかのきれいな場所に隠れてしまうのでしょうか。

あるいは、いくつになっても少女っぽさを残している女性といいかえられるかもしれません。つまり、日々の現実の生活には侵されることのない「聖域」を心のどこかにもちつづけていて、その聖域には、おとぎ話の夢物語や絵画の中の美しい世界などにあこがれる「少女」が大事にしまわれているのかもしれません。

じつは、私はこの枯れマーガレットみたいな、かわいいおばあさんになりたいと、70歳をすぎたころから願うようになりました。枯れマーガレットにも似た、かわいいおばあさんになることは、私にとって「延長戦」の最大のテーマといっても過言ではありません。このことについては、第5章で少し詳しく書きますね。

ひと重のガーベラの素朴さ、カスミソウの奥ゆかしさ、白いマーガレットの少女っぽさ。かわいいおばあさんを心がけている私の中では、この3つの花がもつ価値は高まるばかりです。

なーんにもない老後だから、テーブルクロスとお花にこだわります

テーブルクロスは食卓の雰囲気を一瞬にして変えられる魔法のファブリックです。前の家には100枚ほどあったのですが、それらも今回の引っ越しで10枚ほどに減らしました。

そのときどきの気分によって、1週間に1度くらい替えています。今週は、「気分はイタリアン」なら、赤と白のギンガムチェックのクロスを使ったり、クラシックな食卓にしたいときには、白いクロスをかけたり、そして、毎年12月20日頃からは、真っ赤なテーブルクロスに、グリーンのランチョンマットを置いて、クリスマス気分を盛りあげます。

花を飾ったり、すてきなテーブルクロスをかけたりすることは、生活をいつくしみ、日常をていねいに生きたいという気持ちの表れだと思います。実際、花を飾り、テー

ブルクロスを替えるだけで、年寄りの暮らしにもイキイキとした変化とメリハリが生まれて、心が弾んできます。

花ともテーブルクロスとも、とんとご無沙汰という方は、どちらかひとつだけでもトライしてみてはいかがですか？　すっごく楽しいですよ。

子どもたちは私のことをよく「記念日屋さん」とよんでいました。誕生日や結婚記念日はもちろん、お正月、節分、お雛祭りに、端午《たんご》の節句、クリスマスなど、記念日や行事には、はた迷惑なほど張り切ったものです。

これらの記念日や行事は生活における節目であり、句読点みたいなものです。節目も句読点もない人生は、なだらかといえば響きはいいけれど、実際には、のっぺらぼうで、平板なものにほかなりません。

時間というものがフラットに流れていってしまうことを、昔の人は知っていたのでしょう。だから、なにか節目をつくろう、句読点を打とうと、いろいろな行事を考えだしたのだと思います。

とくに老後は、なーんにもありません。若いころのように、いろんな人と会ったり、街を歩いたり、コンサートや映画館へ行ったりといったこともめっきり減って、節目も句読点もなく、時は日々、ただおなじように流れゆくばかりです。

そのような老後の日々には、記念日や行事の力を借りて、メリハリをつけることがいっそう大切になるのではないかしら。といっても、老いた体にむりは禁物です。そこで使えるのが、さきほどからのお花とテーブルクロスなのです。

たとえば、お雛祭りには、いつものスーパーの花ではなく、ちょっと奮発して桃の花を買って花瓶に挿し、端午の節句には菖蒲《しょうぶ》を用意して、お月見にススキを花瓶に挿すというように、行事のテーマやイメージに合わせて花を選ぶと楽しいですよね。テーブルクロスも、お雛祭りならかわいいピンクがいいかな、端午の節句には若草色が似合うかな、などと考えて用意すれば、脳だって活性化されるのではないかしら。

最近はお正月といっても、コンビニが元旦も開いているので、おせち料理がなくても、なんの不便も、不都合もありません。

長女が3歳になったとき、「日本では大晦日《おおみそか》にこうしておせち料理をつくるものなの」と教えたくて、紅白歌合戦の司会を降りました。そして、毎年、大晦日には朝から台所に立ちっぱなしで、田作りから黒豆、煮しめにいたるまですべてつくったものです。

その私もいつのころからか、おせち料理を簡単にすませるようになりました。部屋の暖房が効くようになって、おせち料理でもすぐに腐ってしまうし、一生懸命つくっても若い人にはあまり喜んでもらえないし、それなら、もうデパ地下で売っているので十分、となったのです。

いまは老夫婦のために、デパ地下でほんの少しおせち料理を買ってきて、それを、うちにあるお正月らしい器に盛って出します。

このとき、白いテーブルクロスを敷いて、スイセンと梅を飾れば、初春の華やいだ雰囲気を出せるでしょう。

で、私は元旦の朝から、「今年も元気にお正月を迎えられてよかったね」という気持ちをこめ、初春を寿《ことほ》ぎつつ、赤ワインなど飲むわけです。

お体裁屋さんは夜中にパンティを洗う

厳しく躾《しつ》けられたことを、私は母にずっと感謝してきました。もし、ちゃんと躾けられないで、結婚していたらと想像すると、ぞっとします。仕事は忙しいし、酔っぱらいだし、子どもは3人もいるし、家の中はハチャメチャの惨状を呈《てい》していたことでしょう。

でも、母のおかげで、何十年もの間、どんなに酔っぱらって帰ってきても、つけまつ毛をとって、なくさないようにテーブルに貼りつけてから、脱いだものを片づけて、翌日着る服やもちものをそろえて、きちんと枕元に置いて、身繕《みづくろ》いをすべてすませてから寝ていました。

あくる朝、娘たちから、「お母さん、テーブルがつけまつ毛をしているよ」と、よくからかわれましたっけ。

82歳のいまも、母のいいつけを守って、身繕いをして床に就くことには変わりがありませんし、また、身につけたパンティとブラは、その日のうちに洗面所で手洗いしてから、タオルにはさんで水気を吸わせて、自然乾燥させることも、昔から変わらずやっています。タオルを使うと、乾きが早いのね。

そして、神津さんも知らない、私だけの秘密の場所に干します。中村メイコのパンティがぶらさがっているところは、夫といえども見せたくはありませんので。

シルクなどのいいランジェリーは、乾燥機にかけるよりも、手で洗って自然乾燥させたほうがずっと長持ちします。それに、下着を洗濯籠に入れたまま、ひと晩でもすごすというのが、生理的に許せないのです。

もし下着を自分の手で洗えなくなったら、神津さんともだれとも一緒に暮らしたくありません。

「そうなったら、老人ホームに入れてね」

と、カンナに頼んであります。

自分の手で洗えなくなっても、一緒に暮らせばいいじゃないのと思われるかもしれません。でも、それは私にはできません、極めつけのお体裁屋《ていさい》なので。神津さんもやっぱり極めつけのお体裁屋さん。私たちは似た者夫婦です。

家事は「道連れ」。疲れたときの「息抜き」効果も

家事は私にとって道連れのようなものです。いつも私のそばにいて、一緒に歩いてきました。

昼夜2回の1か月公演が終わった夜などは、「明日はしばらくおろそかにしていた家事ができるぞ」とちょっとうれしくなるのも、それが長い間の道連れだからにほかなりません。翌日は朝から元気いっぱい、片づけやお掃除、洗濯に精を出します。

もちろん、年ですから、生きているだけでも疲れます。疲れて家事をしたくないな、

面倒だなと思うときもありますが、ここでサボると、自分がとめどなくダメになっていって、そのまま寝たきりになってしまうような不安を覚えるのです。

そこで、「よいしょ！」と、老人お得意のかけ声をかけて立ちあがり、片づけなどを始めます。始めてみると、疲れがとれていって、シャキッと元気になるからふしぎです。主婦を長くしてきた女の体は、そんなふうに出来上がってしまうものなのかもしれません。悲しいような、癪《しゃく》にさわるような、誇らしいような、複雑な気持ちにさせられます。

家事はまた、私にとって息抜きの場にもなります。「メイコさん、メイコさん、握手してください、写真撮っていいですか」といわれる回数が、いつもよりやけに多いと、やはりとても疲れてしまって、早く台所へ戻りたくなるのです。そして、帰宅して、エプロンをして台所に立つと、心底ほっとします。

「よう、相棒のまな板さん、ただいま！　ああ、フライパンさん、お元気でしたか？今日はあんたを火にかけるよ、熱いぜ」

調理器具に声などかけて料理を始めると、どんどん元気になっていきます。家事が息抜きになっている間は、私もまだ元気でいられそうです。

仲良くおそろいの寝具で寝るのは、そのまま死んでもいいように

私たち夫婦はおなじ寝室にシングルベッドを仲良く並べて寝ています。どちらかが夜中に死にそうになったときにも、これなら気がつくでしょ。

神津さんは坊主頭に近い白髪頭で、私のほうもベリーショートのやはり白髪頭です。あるとき、神津さんが、「おい、人がはいってきたら、おなじ頭がふたつ並んでいて、どっちがどっちかわからんぞ」だって。

寝具の類も、柄も色もおなじものでそろえているので、ますます見分けがつきにくいかもしれません。シーツも夏掛けも枕カバーもすべておそろいです。

シーツやカバーは3日に1回くらいの割合で全部バーッとはずして洗濯します。おそろいだと、どちらかがより汚れているとき、それに気づきやすいでしょ。すると、3日たってなくても、ふたりのぶんを全部洗うことになります。

おそろいの寝具にしておくと、不潔にならないですむということともうひとつ、それにはある思いがこめられています。

年をとったら、寝るときにも覚悟がいります。若いころの甘さを含んだ覚悟ではなくて、このままもしかしたら死んじゃうかもしれないという覚悟。だから、寝具もおしゃれにしておきたいのです。で、どちらが先に逝くにしても、最期までおそろいのシーツとおそろいの夏掛けがかかっていたね、最期まで夫婦だったね、最期まで仲がよかったね、というふうにして死にたいのです。

せっかく寝具に気を使っているのだから、寝間着もみすぼらしいものではちょっとまずいでしょ。

私の場合、若いころは、昼間、体を締めつけるようなピタッとした洋服を着ていたので、寝るときくらい、ゴムも紐もなにもないふわふわのものを身につけたかったのです。体を締めつけない、ふわふわの寝間着といえば、そう、ベビードールです。

海外へ行くたびに、日本にはない、もうため息の出るようなすてきなベビードールを何枚も何枚も買いました。睡眠時間がすごく短かったので、ふわふわのきれいなベビードールを身に纏って、8時間以上寝るというのが、私の長年の夢だったのです。

それでせっせとベビードールを買いこんではみたけれど、夢はかなわないまま、年寄りになっちゃいました。ベビードールも年寄りが着たら、ババアドール。気持ち悪いでしょ。

だから、今回の引っ越しで、一度も着ていない、何十枚というすてきなベビードールを若くて、脚のきれいな女優さんたちにもらっていただきました。きっと往年のハリウッドの女優さんみたいにお似合いだと思います。

そして、私はというと、いまもゴムや紐のついていない、どこも締めつけないものを着て寝ています。が、それは丈も袖も長く、レースもついていなくて、透けた部分もない、ベビードールとは似ても似つかないただの寝間着です。それでも、精一杯、きれいな色の、おしゃれな柄のものを選び、そして、いつもお洗濯したての清潔なものを着るように心がけています。

「万年床」といういやな言葉があるけれど、万年床にしたら、もうおしまい。ベッドはもともと万年床みたいなものですから、ぐちゃぐちゃになった布団やシーツをそのままにしていたら、本物の万年床と化してしまいます。それがいやで、若いころから家族全員のベッドメイクを毎日、毎日していました。だから、ベッドメイクは速いし、きれいだし、上手です。カンナにもほめられました。

「お母さん、女優で食べられなくなったら、ラブホテルのメイドになれるわよ」

いまも毎日、ふたりぶんのベッドメイクをフーフーいいながらやっています。これはかなりの重労働です。とてもいい運動になります、それも全身運動。

ベッドメイクは私にとって、老化度を測るバロメーターのひとつです。「今日もちゃんとベッドメイクができたな。しめしめ、老人ホームにまだはいらなくてもよさそうだ」と思うわけです。

ボーヴォワールさんを見習って、爪はきれいにしています

秋だというのに、外は30度を超える暑さです。でも、原稿を書いている私の手元は、高原の湖のように涼しそう。爪を空色にぬっているからです。この空色と原稿用紙の白とのとりあわせがすがすがしく、さわやかな表情を見せてくれているのです。原稿を書く動作につれて、ペンをもつ指先の空色も上から下へと移動します。ときどき左手に目をやると、そこにもまた、涼しげな空色のちんまりとした塊が5つ並んでいるのですから、これは楽しくないわけがありません。

どんなことがあっても爪をきれいにしておこうと思ったのは、いまから50年も前のこと。それ以来、半世紀もの長い年月がたちますが、マニキュアをしないで外出したことは、一度としてありません。

きっかけは、フランスの哲学者、シモーヌ・ド・ボーヴォワールさんです。50年前の１９６６年、昭和41年に、パートナーである哲学者、ジャン・ポール・サルトルさんとともに来日され、そのとき、ボーヴォワールさんの講演会で、この私がなぜか対談のお相手をさせられたのです。ボーヴォワールさんといえば『第二の性』という、フェミニズム運動のバイブルのような本を書かれた方で、来日当時は58歳。キュッとひとつにまとめた髪をターバンのようにスカーフで巻いて、それがまたよく似合っていらっしゃいました。

が、それ以上に印象的だったのが、長く伸ばした爪にぬられていた真っ赤なマニキュアだったのです。

そのころの私は、７歳のカンナと４歳になったばかりのはづきの子育てをしながら、毎日、毎日、おさんどんに追われる日々でした。爪は家事の邪魔にならないようにと、短めに切りそろえていました。その私がボーヴォワールさんの長くて、赤い爪に感動し、実存主義も、フェミニズムの理論も理解できなかったかわりに、ネイルに一気にめざめたのでした――。

「私のような美人でもなんでもない女が、どこかこだわるとしたら、そう、爪だ！」

いったんめざめたら、もとの自分には戻れません。当時はネイルサロンなんて気の利いたものはないので、週に1、2回は美容院で、長く伸ばした爪をケアして、きれいにマニキュアをぬってもらったものです。

当時、マニキュアといえば、赤かピンク、せいぜいオレンジ色しかありません。ところが、たしか1970年代の半ばごろだったと思います。あちらのファッション誌を見ていて、白いマニキュアを発見！　多色使いのしゃれたロングのワンピースを着たモデルの、白くぬられたマニキュアが、夏の日差しを受けてキラキラ光っていたのです。

すてき、ほしい……。でも、日本にはありません。

衝撃を受けたのは、黒いマニキュアも同様でした。やはりあちらのファッション誌に載っていて、黒いマニキュアがモデルの白い手をさらに白く、さらに透きとおって見せていました。手の白とマニキュアの黒というモノトーンがいかにもシャープで、粋で、モダンでした。

すてき、ほしい……。でも、日本にはありません。

そこで、イタリアへ旅行する友だちに白と黒のマニキュアを何本も買ってきてもらいました。美容院へ持参して、ぬってもらったら、やっぱりすてき！　日本で白いマニキュアをぬったのも、黒いマニキュアをぬったのも、おそらく私が第一号でしょう。

ただ、早すぎたんですね。日本ではまだ時代が私に追いついていなかった、残念なことに。だれもほめてくれなかったし、森繁久彌さんにいたっては、私の白い爪を見て、

「メイコ、どうした？　ペンキぬりたてみたいな爪して」

黒い爪を三木のり平さんは、

「爪だけ葬式に行ってきたのか？」

つい最近も黒いマニキュアをしていたら、神津さんが、

「正月でもないのに、おれは、黒豆はまだ食わんぞ」

いまも、お正月には羽子板と羽根、クリスマスにはツリーと雪だるま、春には桜の

花などを描いてもらいます。とにかく、爪を眺めるだけで楽しいことといったらありません。少々不快なことがあっても、マニキュアをほどこした爪を見ると、少し楽しくなります。

「おしゃれの仕上げは靴」とよくいわれますが、おしゃれの細部の仕上げはマニキュアだと思います。10本分の爪を合計しても、わずかな面積しかないけれど、これをおざなりにすると、おしゃれをしていても、なにか物足りません。それもそのはず、ツメが甘いから、なんて。

それはともかく、50代以上の方は、ヒッチコック監督の映画、『鳥』を一度は見ていらっしゃるのではないでしょうか。主演のティッピ・ヘドレンが着ていた洋服を覚えていらっしゃいますか？　きれいな若草色のアンサンブルです。ブロンドの髪に若草色の洋服がもうベストマッチ。

そのすてきな若草色のアンサンブルも、オレンジ色のマニキュアがあってこそ完璧だったのだと思います。

マニキュアはその愛らしさとおしゃれ度において、「いくつになっても私は女よ」の心意気を、外に向け、そして、自分という内に向けて、表明するための手段となりえます。その意味でも、マニキュアをぬるのはとってもおすすめ。

大きな役割を果たしてくれる、小さな爪の小さなおしゃれ。最期の日までマニキュアをしたきれいな爪でいられたら最高だなと思っています。

ここで、左手をもう一度、見てみると……。空色の爪はやはり涼しげで、かわいらしいです。あのとき、ボーヴォワールさんの爪の赤を煎《せん》じて飲ませていただいて、ホントによかった……！

「おへちゃ」だから、80年間ずっとおしゃれをしてきました

まだ若かったころ、小さな男の子が私をしげしげ見てから、「アイスクリームのスプーン！」といったように、四角っぽい顔をしています。それに、色は決して白くないし、背も低いし、容姿端麗の美人女優からは程遠く、はっきりいって「おへちゃ」です。なので、容貌のマイナスぶんをカバーするためには、相当おしゃれをしなければなりません。というわけで、おしゃれはずっとしてきましたし、いまもおしゃれへの意欲や欲求が衰えることは、まったくありません。

両親の影響もあります。なにしろ父も母も完璧モボとモガで、大正時代から昭和初期にかけてのおしゃれの先端をいっていた人たちでした。それに、もちろん、スターさんだったことも大きいと思います。

小さな子どものころから〝スター〟だった私は、洋装店へ行くと、デザイナーの方

が、「メイコちゃん、今度のお衣装、これと、これと、これがあるけど、どれがいい？」などと聞くわけです。「メイコはこれがいい」と答えてデザインが決まると、採寸し、仮縫いもしてもらいます。そして、しばらくたつと、出来上がったドレスがうちに届けられるのでした。

このような環境にいましたので、おしゃれへの興味・関心が小さなころから人並み以上に高まっていったのだと思います。4、5歳でピンカールするような子でしたし。

太平洋戦争が始まると、生地そのものが手にはいらなくなりました。それでも、私はモスグリーンとネイビーのオーバーコートを新調してもらいました。どちらも生地は軍隊の毛布。モスグリーンは陸軍の毛布で、ネイビーは海軍の毛布でした。私が陸軍や海軍へ慰問に行ったときに、母が軍の人から出演料がわりにもらって帰り、オーバーコートに仕立ててくれました。母は洋裁が得意だったのです。

それはすてきなコートでした。上半身がぴたっとしていて、ウエストから下の部分がフレアでふんわりと広がっています。いわゆるプリンセスラインですね。当時まだ

10代の少女だったエリザベス王女（いまのエリザベス女王です）が着ていらした、すてきなプリンセスラインのコートをまねてつくったのでしょう。

戦後のモノのない時代にも、母は自分の大島紬《つむぎ》の着物を泣く泣くほどいて、全円のフレアスカートに仕立て直してくれたのです。渋い紺色の大島紬でつくった全円のフレアスカートは、生地自体の魅力ともあいまってゴージャスでいて、シックな最高級のお洋服といった趣でした。

昔の女性はうちの母にかぎらず、たいていは子どもの半ズボンやワンピースやジャンパーなどを自分でつくり、また、セーターや冬のソックス、手袋も手で編んだものです。いまのように、お店に行けばなんでも買えるわけではなく、母親は自分でつくるしかなかったのです。昔の女性のほうがいまのママたちよりもはるかに生活能力が高かったことはたしかでしょう。

「メイコさんはおしゃれだから、お洋服代がかかって大変でしょ？」などとよくいわれました。そんなことはありません。ヨーロッパの高級メゾンのお洋服でなくてはイヤといった感覚は、若いころから今日にいたるまで、いっさいもちあわせてこなかったのです。

いまはモノを増やしたくないからしないけれど、以前は東京の下町の商店街で見つけた洋服屋さんなどで、２０００円くらいのワンピースを買ったりもしました。その黒いシンプルなワンピースにゴールドのアクセサリーをジャラジャラとつけて、お帽子をかぶったら、かなりサマになりましたよ。

このように自分で工夫して、コーディネートを楽しむのも、おしゃれの醍醐味ではないかしら。

もちろん、海外の高級ブランドのお洋服はすてきですし、おしゃれの参考にもなります。私も雑誌をまめにチェックして、「今年のシャネルのここがおしゃれ、すごい！」などと楽しみながら、最新の生きのいいファッションにつねに接するように心がけていますが、だからといって、すっごい高額のシャネルのお洋服を買おうとまでは思わないのです。

そんな私でもたまに、上から下までシャネルでそろえたくなることがあります。それは、ゴージャスなお金持ちの、趣味の悪いおばあさん役をするとき。私、喜劇女優なものですから。

80歳を超えたら、断然パステル！

英国のエリザベス女王が80歳をすぎたころからイエローやレッド、パープルがかったピンクなどのお洋服を着られるようになりました。ああいう鮮やかな色がお似合いになる年齢になられたのですね。

エリザベス女王の話のあとでは少々、気が引けますが、私も若いころはまさか自分がピンクの洋服を着るようになるなんて思いもよりませんでした。あのころは地味な色が大好きで、黒と白のモノトーンでまとめたり、ベージュに茶系の色を合わせたり、グレイも大のお気に入り。紺も重宝しました。紺のブレザー、紺ブレなんて最高におしゃれでしたものね。

ところが、あれはすでに60代の後半だったと思います。ある日、最高におしゃれなはずの紺ブレを着て鏡の前に立つと、なんだかしっくりきません。30代の女性がセーラー服を着ているような違和感といえばいいのか……。紺色は制服の似合う年頃の乙女をこそ、清楚に際立たせるカラーなのね。

ベージュも、気がついたら似合わなくなっていました。ベージュのもつ、あの上品な感じはいまやなく、表情も肌も沈んで見せ、ひどく老けた印象を与えてしまうのです。きっと、年をとるにつれて、肌自体がベージュ色に変わってくるのに、そこへもってきて、洋服までベージュだと、ベージュ×2、ベージュの倍返しによって、くすんだ感たっぷりのおばあさんに見せてしまうのね。

白人の場合は、おばあさんになっても、肌が真っ白なので、ベージュも似合います。赤い口紅と赤いマニキュアなどと合わせて、ベージュのセーターなどを上手に着こなしている白人のおばあさんも見かけますものね。

モスグリーンは絶対にNG。若いころずいぶん着ましたが、いまは私自身が枯れ葉色。ベージュ以上に悲惨な結果になります。

グレイもしゃれた色ですが、年をとると、髪の色がグレイだから、グレイのワントーンで、地味になってしまうのね。でも、どうしてもグレイのセーターが着たいという日もあって、そんなときには、マリー・ローランサンのまねっこをします。

ローランサンは自分の寝室を淡いグレイとピンクで統一していました。で、私もピンクのブラウスやスカーフを合わせたり、ピンクのパールのイヤリングとか、ネックレスを足して、口紅もいつものピンクよりもちょっと濃いめの色にしたりします。

ピンクを差し色にすることで、気分はマリー・ローランサン。グレイとピンクのコンビの淡くて、やさしい色調が、年老いた肌も明るく彩ってくれるみたいです。

黒はお葬式などに着なければならないから、年をとっても最後まではずせない色です。いまや私の髪は真っ白。白髪が黒い洋服の差し色の役割をしてくれて、これに、赤系のネックレスなどを足せば、白＋黒＋赤のインパクトのあるとりあわせになります。

黒いスカートと黒いカーディガンに、白いブラウスを合わせるのも大好き。できれば、ブラウスの襟は丸みを帯びた、やさしい感じのものがいいみたいです。でも、これだけではちょっとさみしいかもしれないので、きらきら感のあるシルバーのネックレスやイヤリングをプラスしたりします。ちょっとかわいらしい外国のおばあちゃんみたいな雰囲気になります。

ある年齢を超えると、空色や淡いピンク、イエローなどのパステルカラーが、やさしく寄り添う感じで、似合ってきます。肌を明るく彩り、おばあさんをかわいらしく見せてくれるのです。

若いころには、パステルカラーを着るようになるとは思ってもみなかった私が、パステルカラーの魅力にめざめて、淡いピンクやイエローや空色を楽しめるようになったのです。年をとるのも、悪いことばかりではないようですヨ！

ルーズなシルエットの服が重宝する理由

あいかわらずやせっぽちの私。なのに、年はとりたくないもの、70代後半くらいからウエストのまわりに、贅肉がついてきたのです。そこで、おしゃれをするには、このおなかまわりを上手にカバーする工夫が必要になりました。

基本は、ゆったりとしたルーズなシルエットのものを選ぶこと。Tシャツはワンサイズかツーサイズ上のものを、ワンピースなら昔でいうサックドレスのように、全体的にストンとして、多少とも裾広がりになっているものを着るようにしています。

ふっくらしている方は、背中の「はみ肉」にも注意が必要ね。ぴったりとしたTシャツやブラウスなどでは、ブラのベルト部分を境に上と下の肉がボコン、ボコンと盛り上がって見えてしまいます。ゆったりした洋服なら、背中のこの「ボンレスハム状態」を隠すことができます。

ここで、突然ですが、英国のメイ首相です。ＥＵ離脱とか、ブレグジットとかはちょっとわからないけれど、彼女、おしゃれですよね。カチッとしたスーツを颯爽と着こなして、首もとを大ぶりのネックレスで飾り、それに、靴、見ました？　ヒョウ柄のおしゃれな、おしゃれなパンプスです。

メイというお名前から、私とおなじ5月（Ｍａｙ）生まれかなと期待したけれど、残念ながら10月生まれでした。日本流にいえば今年、還暦の60歳。１７２センチのすらっとした細身で、ウエストまわりもすっきり。きれいな脚をしていらっしゃいます。

なにがいいたいかというと……。カチッとしたスーツを着こなすには、メイさんのようなスタイルを保っているのが、条件だということ。名前は似ているけれど、メイコさんとは大違いです。カチッとしたスーツでは、ウエストまわりが気になるだけではなくて、肩も凝る、腰も凝るで、ホントに疲れちゃいます。年寄りはむりしないで、ルーズで、ゆったりとした、ラクな洋服がいちばんね。

終戦後、しばらくするとこの国にも、きれいな靴が銀座あたりのお店に並ぶようになりました。あのころは、ヨシノヤでもダイアナでも、幅が狭くて、ヒールのとてもほそい、華奢《きゃしゃ》なハイヒールが主流でした。いまは、いわゆるダンビロで、かかとも太い靴が幅を利かしていますが、たまには、10センチヒールとはいわないまでも、7、8センチのほそいヒールのパンプスで、こつこつと音をたてながら歩くことがあってもいいのではないかしら。高いヒールの靴で、膝を出さずに歩く——。それがレディというものです。

レディはレディでも、いまやオールドレディの私も、昔は10センチヒールを履いていましたし、70代半ばまでは、7センチヒールでがんばっていました。でも、もうさすがにむり。たまにウェッジヒールのブーツなどを履きますが、たいていはペタンコの運動靴みたいなものや、バレーシューズタイプのものになってしまいました。

それでも、お洋服の色やデザインに合わせて、靴もチョイスします。たとえペタンコの靴であっても、少しでもおしゃれに見せたいですものね。

ABCマートあたりで探すのですが、22センチや22・5センチといった小さい靴を見つけるのは、大変です。下手をすると、子ども靴を買う羽目になったりします。

あるとき、お客さんがうちに見えて、

「あれ、お小さいお孫さんでもいらしているんですか?」

「いいえ。どうしてですか?」

「だって、子どもの靴が玄関に……」

私の靴を幼稚園児のものとお間違えになられたようです。

グレイのショートヘアなら、おしゃれが2倍楽しめる!

若い女性は、紺色のスカートに白いブラウスだけでもホント、きれいだし、お化粧などしない素顔のほうが美しいくらいです。寝起きの髪をそのままうしろでさっと束ねて結ぶだけのポニーテールでもかわいいし、そのうなじにかかるおくれ毛が、はっとするほどなまめかしかったりします。

ようするに、若い女性はなにもかもがフレッシュなのですね。それに対して、年寄りは肌も、顔の造作も、うなじも、おくれ毛も、なにからなにまで古びているので、ちょっと油断したら、たちまち「アミダババア」になってしまいます。

覚えていらっしゃいます？　明石家さんまさんが『オレたちひょうきん族』でやっていた、ボッサボサの白髪頭の、とんでもない老女。あれ、アミダババアでしたよね？　で、アミダババアになりたくなかったら、年をとればとるほど、おしゃれに気を使う必要があると思うのです。その第一歩がヘアスタイルかもしれません。お化粧以上に、その人のイメージを大きく左右するのが、ヘアスタイルですから。

私は、年をとったら、ショートにするのがいちばんだと思います。年齢がいくにつれて肌も、顔の部品も、体も、下へ、下へと垂れてくるのに、顔の両側に髪が下向きにぶらさがっていれば、その髪に引きずられるかのように、顔はさらに下垂《かすい》して見えるでしょう。でも、髪をショートにカットすれば、顔まわりがすっきりして、明るくも見えて、顔も少し上がって感じられるはずです。

手入れがとにかくラクなのも、ショートヘアのうれしい点。シャンプーにも時間がかからないし、湿度の高い日本でも、ドライヤーなしでじきに乾きます。その意味でもショートヘアは、体力が落ちてきた年寄りには最適ね。

実際、60代以上の日本女性のほとんどが、ショートヘアにしています。でも、もしまだロングヘアの方がいたら、一度バッサリ切るのもおすすめです。きっとお似合いになると思いますよ。

髪を短く切ったら、イヤリングが断然、似合うようになり、ネックレスやブローチもより映えるでしょう。ショートヘアにすると、おしゃれの幅がぐんと広がるという、おまけまでつきます。

90歳のおばあさんでも、髪を黒く染めている方がいらっしゃいますが、ある年代になったら、毛染めは卒業したほうがいいのでないかしら。染める手間が省けて、それは、それはラクですし、髪を傷めないですみますし、なによりも、白髪やグレイヘアのほうがずっと自然で、おしゃれな感じがします。

さきほどの話ではありませんが、年齢とともに目尻や口角なども垂れてきます。それを老け顔という人もいますが、見方を変えれば、柔和で、おだやかな顔つきになったということでもあります。その柔和な顔には、まっ黒な髪よりも、白やグレイの髪のほうが、自然になじんで上品な気がするのです。

神さまも、顔の変化に合わせて髪の色を変えたほうがいいと思われて、それで、年齢とともに白髪を増やすようにされたのではないかしら。染めるのをやめて、白髪という老いをきっぱりと受け入れる潔さもまた、おしゃれだと思いません?

白髪やグレイヘアになると、きれいな色がとてもよく似合うようになります。さきほどの淡いイエローやピンクや空色などのパステルカラーはとくに、白髪やグレイヘアにやさしく映えるはずです。

第４章

最期まで「酒と笑いの日々」でいきたいわね

お酒に対して「失礼」な飲み方はしたくない

昔はべろんべろんになるまで飲んだものです。飲むんだったら、酔っぱらわなくちゃつまらないし、酔っぱらって羽目をはずさなくちゃ、なんのために飲んでいるかわからないでしょ。

で、羽目をはずして困るようなことがあるときには、酔っぱらわなかったし、「悲しい酒」になりそうな日には、コーヒーでがまんしたものです。酒乱の人たちをおおぜい見てきて、あんなふうにめちゃくちゃ怒鳴ったり、怒ったり、当たり散らしたりするのは、お酒に対して失礼だと思っていたのですね。

それに、男と女の2種類しかいないうちの、女のほうに生まれてきました。どんなに酔っぱらっても、「おい、てめえ、このうすらトンカチが！　ウヒッ（しゃっくりです）」みたいな、かわいくない酔っぱらい方はしないように心がけてきたつもり。

そのおかげで、お酒の上での大失敗は、一度もないんですよ。

ただ、毎日のように大酒を飲んでいたので、多少の失態というのでしょうか、そういうものはありました。いちばん多かったのがケガ。朝起きると、足などにアザがあるのは、千鳥足で歩くせいですかね。転んでひどいケガをしたこともけっこうあって、舞台がある日だと、休めません。まわりに知られたらみっともないから、痛い様子をおくびにも出さずに、舞台に立ったものです。


夜中に酔っぱらって歩いていて、地面に足をつくと、なぜか片方の足だけガクンと落ちる感じがしました。ガクン、あれ、変だなあ、ガクン、あれ、変だなあ……。家に戻って靴を脱ごうとしたら、片方しか履いていないではありませんか。ガクン、ガクンのほうは裸足《はだし》だったのですね。どこかで脱げちゃったみたい。

あのころは10センチのピンヒールを履いていたから、左右の高低差は10センチ。どうりで歩きにくかったはずね。

昔はひばりさんとよく、女だてらに芸者遊びをしたものです。着物を着て出かけたときなど、酔っぱらうと、芸者さんたちに着ているものをあげちゃいました。いちばん外側の帯留めから始めて、「あら、メイコさん、帯もすてき」、「そのお着物もすてき」、「お草履《ぞうり》もすてき」などと、おだてられるたびにあげちゃうのです。長襦袢《ながじゅばん》1枚に伊達《だて》締めを締めただけの格好で、草履も履かずに明け方、帰ってくるのだから、ふつうはびっくりします。でも、神津さんは、

「ああ、またあげてきたのか。どこの芸者さん？　新橋？　赤坂？」

私は「優等生」と思われているかもしれませんが、優等生なんかじゃなくて、不真面目で、めちゃくちゃな人間です。

ギャンブルも大好き。麻雀も花札もめっぽう強くて、ホントは競馬もやりたかったけれど、馬券の買い方とかわからなかったし、大金を賭けて、スッカラピンになるのはやはり主婦の私には恐怖だったのね。

津川雅彦さんと京都の撮影で一緒だったとき、菊花賞に連れていっていただいたこ

とがあります。私の目は、1頭の惚れ惚れするようなハンサムボーイに釘付けになりました。恋に落ちた気分で、その馬に賭けたら、勝っちゃったのです。50万円！

その日のうちに津川さんと祇園へくりだし、芸者さんをあげて、朝まで飲んで、どんちゃん騒ぎして、お金をきれいさっぱり使い切ったことはいうまでもありません。

このような数々のハチャメチャのおこないの埋め合わせとして、優等生よろしく家事をきちんとやって、子どもたちのお弁当を毎日つくりつづけてきた私です。

神津さんを最低でも1日1回は笑わせます！

結婚して数年たったころに、神津さんに聞いたことがあります。

「ねえ、なぜ私と結婚したの？」

女ってそういうことを聞きたくなることがありますよね。神津さんは、

「当時はあまり娯楽がなかったからだよ」

もう少しロマンチックなお答えがほしかったわ。

あれから何十年もの月日が流れて、ふたりとも80代になりました。ある日、北朝鮮の女子アナの物マネを神津さんに披露したら、「あんた、そういうことやらせると、ホントにうまいねえ」と、半ばあきれ顔です。

私、いまだに娯楽妻をしていますし、これからもまわりの人たちを笑わせるつもりでいます。根っからの喜劇役者なのね。とくに、私を妻として迎えてくれた神津さんのことは、1日最低でも1回はかならず笑わせようと、心に誓っています。どちらが先に逝くかわからないけれど、死がふたりを分かつ日まで笑わせるのを、「延長戦」の目標のひとつにしています。

笑いは大切。全般的にテンションが下がってくる私たち年寄りには、とくにありがたい存在です。どちらかというと、むっつりしている神津さんを笑わせれば、顔の皮膚が動くから、皮膚の体操になります。だいぶ耄碌《もうろく》してきた私には、頭の体操になるのがなによりもありがたいのです。

笑いは免疫機能を高める効果もあるとか。免疫機能も低下してくる年寄りには、へたな薬よりも効き目があるかもしれません。もっとも私は、免疫を高める効き目があってもなくても、まわりの人を笑わせて、自分も一緒に笑いたい人間ですけれど。

私の笑いのルーツを探ってみると、どうやら小さいころの物マネにいきつくようです。

幼いころ、よくお留守番をさせられました。母は家に戻ると、お手伝いさんよりも先に、「メイコ、どなたかいらした？」と聞いたものです。「いらしたわよ」「どなた？」。名前はわからないので、お客さんの話し方をマネると、「ああ、『婦人公論』の編集長だわ」などと、母はたいていわかったそうです。

エノケンさん（榎本健一さんのことです）に「メイコちゃんはどう思う？」と聞かれると、４歳くらいのおチビちゃんがエノケンさんそっくりの口調で、「メイコちゃんはどう思う？」。「それはぼくだよ」と喜劇王を笑わせていたといいます。

昭和30年代、美空ひばり、江利チエミ、雪村いづみの三人娘が華やかかりしころのこと、ある日、先に出番が終わったいづみちゃんが帰ったあとに、いづみちゃんのセリフを1か所だけ、アフレコで入れるのを忘れていたことにスタッフが気づきました。そこで、私が代わりに、いづみちゃんそっくりに、アフレコをやったことがあります。たしかそのセリフは、「そんなこと、知らない」だったと思います。映画を見たら、ちゃんとそのセリフが使われていました。

小さいころから、2、3分も一緒にいると、たいていその人の話し方をマネることができました。物マネは幼いころから私の特技だったのです。

人を笑わせることが好きで、笑ってもらえると快感を覚えます。仕事でも、仕事以外でも、いつも人を笑わせようと考えていますし、そして、おもしろくしゃべるのにとても役立ったのが、物マネの特技でした。

大人になってからも、それは変わりません。テレビ局の楽屋でマネージャーや共演者を相手に物マネをしたり、冗談をいったりして大笑いしていたものです。昔のテレビ局の楽屋はベニヤ板で仕切られていて、隣の声は筒抜けでした。しかも、昔の役者はおなかの底から声を出す発声法ができているから、地声が大きいのです。

あるとき、例によって楽屋でワイワイ騒いでいたら、壁をトントンとノックする音が聞こえました。「メイコさん？」。あ、新珠三千代《あらたまみちよ》さんだ。そのお上品な、独特の口調ですぐにわかりました。４歳年上の美しい新珠さんは私のあこがれの的です。うれしくなって、「はーい、メイコでーす。新珠さんですよね」。

すると、返ってきた言葉が、「お静かになさって」でした。『氷点』の夏枝、『細うで繁盛記』の加代そのままの新珠節で「お静かになさって」……。怖かったです。

美人女優さんでも笑ってくださる方がいました。いつもの調子で物マネをまじえておしゃべりをしていたら、ワーハッハ、ワーハッハと、涙まで浮かべてお笑いになります。ただ、妙なことに、笑いながら左右の目尻のところを指で引っぱっていらっしゃるのです。

「目のそこのところ、どうかなさいました？」

「シワが寄るといけないから、肌が動かないようにしているの。おもしろいわ、メイコさん、もっと続けて」

そして、また目尻のところを引っぱりながら、ワーハッハ、ワーハッハと笑いつづけるのです。その格好のほうが、おもしろかったくらいですが、私はそのとき、彼女の美しさへのこだわりに、女優魂を見た思いがしました。

人を笑わせたくなるのは、私が怖がりというのも、理由のひとつかもしれません。ギスギスした険悪な空気というものが怖くて、できるだけそれを避けたいという気持ちが無意識のうちに働くのだと思います。打ち合わせをしていて、AさんとBさんが険悪な雰囲気になりそうだぞと感じると、ダジャレを飛ばして、笑わせたりしているのです。

それに、たいていは機嫌よくすごしている私ですが、たまには、この仕事つまんないな、腹が立つな、いらいらするな、ということもあります。でも、マネージャーに不機嫌さを気づかれる前に、ふざけちゃうのです。不機嫌な私と一緒では、マネージャーだって楽しくないでしょ。ふたりして楽しくない時間が流れるのがいやだし、怖いので、関係のない与太話などして笑わせて、ごまかしているのです。

私たちの食卓では、老夫婦ふたりだけにありがちな、時が静かに流れるというようなことはまずありません。私がいつもうるさいからかもしれませんが、神津さんもときどき、むずかしい歴史の話をしたりします。

そのような場合、私はわかったふりをして、「そうかあ」「たしかに」「そうだったんだ」の3つの言葉を順番に使いまわしながら、神津さんの話が終わるのをひたすら待ちます。いつもはそれでうまくいくのですが、あるとき、「なぜだと思う？」とたずねられてしまって……。答えられるわけがありません。聞いていないんだし、聞いていたってわからないんだし。

それでも神津さんは私の目を見つめ、答えを待っています。私は意を決して、椅子からさっと立ちあがり、そして、神津さんのそばまでツツツッと行くと、なつかしのテツａｎｄトモのギャグで、両腕を胸の前でグルグルまわしながら、「なんでだろ〜、なんでだろ〜」をやったら、神津さん、しばらく呆気にとられていたようでした。そ

れから、

「あんたに聞いたのが間違いだった……」

夏の夕暮れどきに、マンションの外からセミの鳴き声が聞こえてきました。「お父さん、セミはなにを着て寝るか知っている?」「……」「セミヌード、なーんてね」。「お父さん、今日会った女性、若いけれど人妻なの。だんなさんはアルミサッシの会社の営業マン。どんな男の人だと思う?」「さあ……」「察しがいいんだってさ」。

82歳になったいまも、この調子でがんばっているのだから、私はやっぱり死ぬまで娯楽妻なのね。

家事には困らなかったはずなのに、あぁ「ワカメ事件」！

片づけ魔なもので、散らかっていると、気持ちが悪くてしようがありません。「三つ子の魂百まで」とはこのことで、幼いころから母に厳しく躾けられてきたおかげで、片づけなどの家事をしないではいられない体になっているようです。

4、5歳になると、撮影所へ行く日でも、かならず家の前を掃かされました。迎えの車が来ていても、終わるまでは解放してもらえません。運転手さんは待っているし、箒《ほうき》は背丈より長いし、泣きそうになりながら、掃き掃除をしたものです。

朝ごはんのしたくも、毎朝手伝わされましたし、冬の寒い日にも、雑巾がけをさせられました。あのころ、私は少女スターでした。なのに、母は、

「家に帰ったら、あなたはふつうの女の子。ふつうの女の子はね、家のお手伝いをするのがあたりまえなの。家のことがちゃんとできないと、女の子はダメなのよ」

ふつうの女の子は運針《うんしん》もできなくてはなりませんでした。でも、小学校に上がる前で、まだうまく針も動かせないし、すでに目が悪かったこともあって、まっすぐには縫えないのです。

せっかく左端まで縫ったのに、「これではダメ」と何回、その糸をぴゅっと抜かれて、やり直しさせられたことか。

母はよく「身繕い」という言葉を使っていました。

仕事をもっている忙しい子どもだったけれど、どんなに疲れて帰ってきても、脱いだものはきちんとたたんで、こまごまとしたモノももとの場所に戻さなければなりませんでした。

寝る前には、翌日着ていく洋服やメガネ（あのころから近眼でした）、台本などをそろえて枕元に置いて、目覚まし時計をかけ、身繕いをすべてすませなければならなかったのです。

母の厳しい躾けのおかげで、23歳で結婚した私は、家事で困ることもありませんでした、ただひとつのことをのぞいて……。

母に厳しく躾けられても、２歳半からスターさんですから、やはりどこか不足があったようです。

新婚旅行から帰ってきた日のこと、神津さんが「ワカメの味噌汁を食べたい」といいだしました。里では洋風の料理が中心。味噌汁はつくれるけれど、ワカメの味噌汁というのが、ちょっとわからなかったのですね。

ワカメねえ、ワカメは海のものだから、魚屋さんに売っているよね。というわけで、麹町３丁目なんていうお屋敷町の中をウロウロして、ようやく魚屋さんを探しあてましたが、魚屋のおじさんは「ワカメは乾物屋だよ」とあきれ顔。「どこに乾物屋さんってあるんですか？」「赤坂だよ」。

麹町から赤坂までタクシーを飛ばして乾物屋さんへ行き、ワカメ１束をようやく手に入れた新妻は、待たせておいたタクシーに乗って自宅へ戻り、さっそく食事のしたくにとりかかりました。

ワカメはふやかしてから使うらしいことは、なんとなくわかっていたけれど、ワカメが何倍にもふくれあがることまでは知らなかったのです。シンクに鍋を置き、そこに湯をはって、ワカメを1束全部入れたところ、あれよ、あれよという間にふくれあがり、鍋の中は海の底のワカメの林みたいになって、その一部が縁からあふれだしてシンクに流れていってしまったのには、びっくりしました。

ブリヂストンのタイヤみたいにふくれあがったワカメを2本ほど、仕方ないからそのままお皿に盛って料理用のハサミを添え、そして、別につくった具なしの味噌汁をスープ皿に入れて出しました。

「このハサミで、ワカメをお好きなだけ切って、こちらのお味噌汁に入れてめしあがってくださいね」

神津さんは少し間があってから、ようやく口を開きました。

「当分、ワカメの味噌汁が食いたいとはいわないから、気楽に一歩ずつやりなさい」

前世は迷い犬。鼻は利くけれど、方向音痴です

カンナが例の低い声でいいました。

「お母さん、いいこと教えてあげようか」

「なんなの？」

「お母さんの前世を専門家に調べてもらったのよ。迷い犬ですって」

えっ、迷い犬？　戌年生《いぬどし》まれだし、そうかもしれない……。

「だれからも好かれそうな、愛想のいい迷い犬だったそうよ」

いずれにしても、大した出自《しゅつじ》ではないようです。

迷い犬といわれれば、たしかに私は嗅覚が鋭いようで、鼻が利きます。講演会などで行ったはじめての街でも、「このお店、よさそう」と、パッとひらめいてはいって、外れたことはまずありません。お食事もお酒もおいしくて、店の雰囲気もいいのです。

東京の街を車で走っていても、信号待ちのときなどにはとくに、私の鼻は威力を発揮します。キョロキョロあたりを見まわして、「あっ、あそこのブティック、よさそう！」と、ピンとくるのです。地図にめっぽう強い運転席のマネージャーに「今度、あのお店に寄りたいから、場所を覚えておいてね」と頼んで、数日後に連れていってもらうと、10回中9回は当たり。私の好みのお洋服や小物がそろっています。「私・御用達《ごようたし》」のブティックというものはなくて、行きあたりばったりの、出会いがしらでお店を選んでいるのです。

行きつけのブティックなら店員さんとも気心が知れているし、お洋服選びでも大きな間違いはないでしょう。はじめてのお店だと、その種の安心感はないけれど、それを補って余りある魅力も秘めています。それは、未知の店員さん、未知のお洋服との出会い。

年をとると、なじみのお店につい足が向きがちだけれど、たまには新しいお店を開拓する意欲も忘れたくないですね。老いた心を錆《さ》びつかせないためには、「未知との遭遇」が大切。

脱線してしまったようです。なんの話でしたっけ……。そうそう、迷い犬の嗅覚でした。

犬は犬でも、私の前世はしょせん迷い犬です。嗅覚は発達しているけれど、ひどい方向音痴で、とにかくよく迷います。何回も来ているテレビ局で、「トイレはどこだっけ？」とマネージャーにしょっちゅう聞いたり、我が物顔に芝居をしている劇場でも、入口だと思って押したけれど開かない、それもそのはず、そこは壁でした、なんてこともあります。喜劇役者の私は、存在自体も喜劇っぽいみたい。

とにかく、前世の迷い犬と、老いとを身の内に抱えつつ生きるのって、もう大変なんですから。

私がほんとうになりたかったふたつの職業

昔は御用聞きが生活の中にふつうにあって、駆け出しの役者によくまわってきたのが、この御用聞きの役でした。そこで、先輩などから「いつ役がきてもいいように、御用聞きの人をよく観察しておきなさい」といわれたそうで、若い役者たちは、「ちわっ、魚屋です！」などと、御用聞きの口調をまねる練習をして、修業に励んだといいます。

役者というのは、そもそも他人の人生をまねて演じるわけですから、「役者は物マネからはいる」とよくいわれたものでした。で、ある人が、

「メイコさんは物マネがお上手だし、役者が天職みたいなものですね」

いいえ、天職なんて思ったことは一度もありません。気がついたら女優をしていて、成り行きで続けてきたという感じですね。そのせいか、もし女優でなかったら、なに

がいいかなと、よく想像したものです。

みなさんもその手の想像を、1度や2度はしたことおありでしょう。が、私の場合は、自分で女優の道を選んだわけではなく、その決定に自分の意思も望みも、小指の先ほどもかかわってはいなかったのです。そのぶん、もし女優にならなかったらという想像にかんしても、現実感にとぼしい、どこか子どもっぽい夢想に終始していた気がします。

たとえば、私のなりたい職業のナンバーワンはずっと芸者さんでした。芸者さんってみなさん、ホントにおきれいです。でも、私はずっと芸者さんになりたかった……。美しい着物をいつも着て、みなさんの目を楽しませるのがお仕事でしょ。私など喜劇女優ですから、ボロボロの服を着て、顔に泥などぬりたくって、ひどい格好させられたことも数知れず。舞台が終わって、私服に着替えると、三波伸介さんがよくいったものです。「仕事が終わって、帰るときに女優になるんですね」。

そこへいくと、芸者さんはいつもきれいな恰好をしているだけじゃなくて、踊りも、唄も、三味線もすごくすてきで、ひと夜の夢を見ているような気分を味あわせてくれます。私にもあんなお仕事ができたらなあと思ったものです。

ただ、昔の芸者さんは、日舞や三味線やお琴や長唄などのお稽古がめちゃくちゃ厳しかったのですね。お稽古ごとが嫌いな私にはやっぱりむりだったわね。


芸者さん以外でなりたかったのが、社長秘書です。社長秘書役も映画でやったことはありますけれど、でもその社長さんは、たいてい森繁久彌さんですもの。チョビ髭《ひげ》生やして、女性と宴会が大好きな社長さんじゃなくて、ロバート・デ・ニーロが演じるような渋くて、まっとうな社長さんの女性秘書になりたかったのです。

ピンヒールのパンプスにタイトスカート、黒縁のメガネといういでたちで、社長の話をすばやくメモして、オリベッティかなんかのタイプライターをパタパタ打ったりします。すっごく気が利いて、痒いところに手が届くようなのに、それは見せないで、さりげなく、「それ、やっておきました、社長」なんていうのです。

私、こう見えてわりと気が利くほうだから、いい秘書になれたかもしれないと、妄想をふくらませながら、ふと思うに、ちょっと口が軽いからダメだったかもしれない、秘密会議の内容が、その日のうちに社内中に広まっちゃったりして。

なりたかった2大職業、芸者さんと社長秘書は、いずれもどうやら私には不向きだったようで、結局のところ、自分の意思がみじんも反映されることなく始めた女優業が、私にはたまたまいちばん合っていたのかもしれません。

神津さんがときどき感心したようにいいます。

「2歳半からだから、今年で80年だぞ、80年。よくもまあ飽きずに続けられるものだなあ」

ホントに、ギネスものですものね。

オムツがまだとれていない赤ちゃんのころから、このお仕事をずっとやってきたので、いつのころからか、仕事場にいるほうが家よりも落ち着けて、気持ちが安らぐようになりました。仕事が私の体の一部のようになってしまったのですね。でも、だからといって、「生涯現役！」などと、突っ張りかえったり、気ばったりするつもりは全然なくて、足腰の立つあいだは続けようかな、くらいに思っています。その場合、ひとつだけ気がかりなことがあります。

このまま続けると、女優歴が「オムツからオムツまで」になってしまうかもしれない……。

馬の目にビューラー 猫の顔にほお紅

めちゃくちゃ動物が好きな私は、猫、犬、馬、猿、兎、ハムスター、カナリア、金魚……と、いろいろな動物を飼ってきました。神津さんも、私が好きでたまらない犬も、猫も大好きです。でも、爬虫類だけは、ふたりとも大の苦手。こと動物にかんしては、とても馬が合うのです。

馬といえば、たしか4歳のお誕生日だったと思います、父がポニーを買ってくれました。『風と共に去りぬ』で、レット・バトラーが娘にポニーをプレゼントする場面があります。撮影所あたりでその場面について、大人たちが話していたのを覚えていて、父におねだりしたのかもしれません。

茶色のポニーで、小さくて、かわいらしかったんですよ。お仕事のない日には、近所の教会の幼稚園へ、ポニーに乗ってぽっかぽっかと出かけました。

幼稚園の子どもたちはポニーにも、そして、ポニーに乗っている私にも、びっくりしちゃって、言葉もなくただ遠巻きにしていたみたいです。

小さいころから、馬をまったく怖がらない子どもでした。乗馬が好きな母が、颯爽と馬に乗って駆ける姿を、幼いころから見てきたし、それに、なんの映画だったか、馬と一緒の場面を毎日のように撮っていたこともあります。

ある日、撮影が終わったとき、監督が「明日は馬のアップからいくからな」といいました。私は6歳くらいだったと思います。仲良しのそのお馬さんにこっそり会いにいって、「明日、あなたのアップだって」。そして、片方の腕で首をしっかり抱いて、空いている手にはビューラーをもち、長いまつ毛をきれいに上向きカールにして、マスカラもつけました。

なにしろお馬さんのまつ毛は、つけまつ毛を3枚つなげたほどの長さはあります。ビューラーで上げるのも、マスカラをぬるのも、子どもには大変でした。それでも仲良しのお馬さんには、すてきな顔でアップの撮影に臨んでほしくて、がんばったのです。

翌朝、撮影所へ行くと、監督が怒鳴っていました。

「だれだ、こんなことしたのは！　マンガみたいになっちゃって、どうしようもないだろうが」

マンガじゃないもん……。メイコちゃんは泣きたくなったけれど、こらえました。泣いたら、ほら、犯人だってバレちゃうから。

ちなみに、戦前のあのころから、ビューラーはまったくといっていいほど進歩していません。当時からいまとおなじものがありましたし、また、マスカラも映画では欠かせないメーク道具のひとつだったのです。

婚約したときに、神津さんから小さな猿をプレゼントされました。私が戌年で、あちらは申年《さるどし》だから、「犬猿の仲」になっちゃうので、「猿とも仲良くしなさい」ということだったのね。うちにやってきたその日に、私たちは大の仲良しになりました。

あのプレゼントが効いたのか、犬猿の仲の年回りのふたりは深刻な大喧嘩をすることもなく、この年まで、いちおう仲良く一緒に暮らしています。

結婚してからはずっと犬を飼ってきました。最後の犬は、ゴールデン・レトリバーとラブラドール・レトリバーの同い年の2匹です。名前は与太郎と佐助。両方とも18歳まで生きてくれました。人間でいえば、100歳の大往生ですが、やはりお別れはつらかったですね。

イタリア製の高価なソファの足を全部噛んで、ボロボロにしたのは、与太郎と佐助でした。新しいマンションでもソファが必要なので、それをもっていきました。ボロボロの足を見ながら、神津さんとふたりで与太郎と佐助の思い出にひたったりします。

そして、与太郎と佐助がいなくなってしまってからじきにうちへやってきたのが、2匹の猫でした。まずハッチが、次にシジミがうちのメンバーになりました。

私たちはすでに70代後半にさしかかっていて、散歩が必要な犬を飼うのはむずかしいだろうということで、結婚してはじめて猫を飼うことにしたのです。

この年ですから、動物を飼うのはハッチとシジミで最後になります。それを思うと、つらいけれど、ハッチにもシジミにも「メイコさんと暮らしておもしろかったな、楽しかったな」と思って、死んでいってほしいですね。

これまで犬や猫を何十匹飼ったかわからないけれど、全員が、言葉がわかるようになりました。「じゃあ、お母さん、行ってくるからね、いい子にしててね」と、人間の言葉で話すと、こちらの顔をじーと見ながら聞いて、そして、ちゃんと理解しています。

動物を飼っている方はおわかりでしょうが、犬も猫もとても頭がよくて、人の名前も場所の名称も、動作を示す動詞もたくさんの単語を覚えています。人間とおなじように、ちゃんと話しかければ、犬も猫も人間の言葉がわかるようになるのです。

犬や猫がまるで家族の一員のように思えるのも、そのような賢さが大いに関係しているのだと思います。けれど、いくらハッチやシジミが家族同然といっても、私には、彼らのために人間とおなじような立派なお墓をつくる気はありません。

そこまでしたら、亡くなった犬なり、猫なりの魂が「身分不相応でござんすよ」といいだす気がするのです。そこまで人間っぽく扱われるのは、ごめんこうむりたいと、私が犬や猫だったら、きっと思うでしょう。

人間も動物も、分をわきまえた生き方がいちばんです。

お化粧を始めると、シジミがかならずやってきて、私の動きをジーッと見つめます。人間がお化粧する様子がおもしろいみたいです。

「シジミ、やり方、覚えた？　いまにあなたもお化粧をするようになるわよ」なんていっているうちに、顔を洗うときの猫のおなじみの動作が、お化粧しているように見えてきました。前足を手のように使いながら、眉を描いて、ほお紅をさして、最後に口紅をぬって……。

「ああ、シジミ、お化粧、上手にできたね」などといっているのですから、「メイコさん、とうとうおボケになったのかしら」と思われたとしても、文句はいえません。

猫は陽だまりが好きです。昼下がり、白や黒や茶色の毛を日の光に輝かせながら、窓際でゆったりと伸びをしたり、あくびをしたり、昼寝をしたり……。その愛らしい姿にほほえみながら、ハッチとシジミがいる幸せをかみしめる老いの日々です。

第5章

少しでも〝かわいい〟おばあさんをめざしてます！

80すぎても、「女」は捨てないぞ！

私は女を捨てていますから——。この言葉が好きではありません。

90歳であろうと、100歳であろうと、女を捨てるなんてとんでもないことです。少なくとも私は、そう思っています。なにも恋だの、セックスだのを死ぬまでしましょうなどと、いっているわけではありません。恋やセックスへの関心がなくなっても、なくなっていなくても、そういうこととは関係なく、自分は女であるという意識を死ぬまで捨てるべきではないと思うのです。

神さまは男と女という2種類の性をおつくりになりました。私はそのうちの女にせっかく生まれたのだから、ありがたくそのことを受け入れて、杖をつこうが、車椅子になろうが、意識のあるうちは、死ぬまで女を捨てたくないと思っています。

自分を少しでもきれいに見せようと、おしゃれをする女のかわいさ。どこかに恥じらいを秘めた奥ゆかしさ。こまやかな心遣いができるやさしさ。そういったものが、女の特性であり、そのような特性をいつまでももちつづけられたとしたら、それはすばらしいことですよね。

私はかわいいおばあさんが大好きです。自分も少しでもかわいいおばあさんになりたいと、いつも願っています。

では、かわいいおばあさんって、どのようなおばあさんなのでしょう?

自分の人生を、まあまあ幸せだったなと、思えるおばあさんです。長い人生の中では悲しいことや悔しいこと、許せないことなどがたくさんあったはずですが、そういった事柄となんとか折り合いをつけてきて、年をとったいまでは、あれもこれもいい勉強になったわね、などとふりかえることのできる、そんなおばあさんの表情はやわらかで、明るくて、そして、かわいいですよね。

反対に、不平・不満を抱いたまま年をとってしまった人は、幸せに見える人たちをしょっちゅううらやんだり、妬んだりしているものだから、その表情はどんよりと暗く、ふとした瞬間に、意地の悪さが顔に見え隠れするものです。

そして、老いを受け入れていることも、かわいいおばあさんの大切な条件だと思います。老いを大らかに受け入れることができれば、自分の老いを笑いとばすことができるでしょう。

年をとると、えっ、私ってどうしてこんなに歩幅が狭いの？ とか、えっ、どうして老眼鏡が冷凍庫にはいっているの？ とか、えっ、どうして首がこんなにしわくちゃなの？ といったことがしょっちゅう起きます。ここまできたらもう、そんな自分を受け入れて、笑いとばす以外に方法はないでしょう。そして、老いを受け入れられたら、自分自身のことを笑ったり、ほほえんだりする回数が自然と増えてきます。くしゃくしゃの顔でよく笑い、よくほほえむおばあさんって、かわいくない？

でも、それができないとなると、苦しいと思います。若い人たちに対抗心を燃やしたりして、それでも勝てないとなると、嫌味や皮肉や、底意地の悪いことをいったりして、これってホント、かわいくない意地悪ばあさんですよね。

うまく年をとるということは、見栄や勝気、対抗心、妬み、そねみなどといったものが、年月という波に洗われていくことかもしれません。そういったものが洗い流されたとき、アクの抜けた、こざっぱりした、きれいな白木《しらき》のようなおばあさんになれるんだと思います。

そのきれいな白木に、捨てないでもちつづけている「女」が加われば、もう完璧にかわいいおばあさんの完成です!

年をとったからこその〝遠慮のなさ〟に注意しています

「女を私、捨てていますから」的なおばあさんの中に、人目もはばからず、ぶーっと鼻をかむ人もいます。そういうおばあさんってたいてい、元気がいいのね。で、なぜか、ティッシュペーパーを箱から2枚、ババッと勢いよくとります。1枚で足りるのに……。

ティッシュペーパー1枚を少しだけおしとやかにとって、ちょっと横を向くなり、うしろを向くなりして鼻をかむだけで、女を捨てている感は消せます。

おばあさんにかぎらず、ところかまわず、ティッシュペーパーに痰《たん》をがっがっが、うえーとやるおじいさんもいます。ごていねいに、そのティッシュペーパーを広げて、「成果」を確かめたりするのだから、もう信じられない。

年をとると、誤嚥《ごえん》が増えるせいか、痰がからまりやすくなるのかもしれません。それなら、トイレや洗面所などの人目のないところで思いきり、がっがっが、うえーとやってから戻るとか、方法はあるはずです。

年をとると、いま現在、鼻水が垂れて気持ちが悪いとなると、その原因をとりのぞくべく即、行動に移すという傾向があるようです。「気持ち悪い」と「行動」の間に、他者の目を意識するというワンクッションがなくなってしまうのですね。これも、老化現象のひとつでしょう。それだけに、年をとればとるほど、エチケットを守ろうと、つねに自分にいいきかせる必要がありそうです。

年齢とともに、夫や妻の弱点をあけすけに指摘するようになる人もいます。よくいえば、率直。でも、相手の気持ちを考えない、無神経さの現れでもあります。

「おまえのデカい尻はなんだ、みっともねえぞ」といわれて、いい気持ちのするおばあさんはいないだろうし、「あんた、耳が遠くなっちゃって。テレビのボリューム、下げなさいったら!」と、大声で怒鳴られれば、おじいさんもおもしろくありません。「そんなにデカい声を出さなくたって、わかるわい」と怒鳴りかえして、夫婦喧嘩が始まったりします。

なんでもいいあえるフランクな関係がいいとはかぎりません。夫婦といっても別々の人格であり、他人同士。いくつになっても、どんなに長く一緒に暮らしてきても、相手を傷つけるような言葉を平気で吐くようなことは慎むべきでしょう。それが夫婦の礼儀というものだと思います。

長年、夫婦をやっていると、おたがいに遠慮というものがなくなってしまい、そのぶん、暴言を暴言とも思わないで、口にしてしまいがちです。気をつけたいですねと、自分にしょっちゅういいきかせている私です。

「親しき仲にも礼儀あり」は、最期まで貫きます！

これまでの本でも何度か書きましたが、夫婦のあいだでも、「親しき仲にも礼儀あり」を大切に思って、私たち夫婦は生きてきました。82歳と84歳になっても、それは変わりません。

神津さんも髭剃りをしようと、脱衣所のドアを開けたときに、たまたま私が奥のバスルームでお湯に浸かっていたりすると、「あ、失礼」といって、出ていきます。ちゃんと脱衣所と浴室のあいだにはドアがついているのに、出ていくのです。

私のほうはお風呂から上がると、ハリウッドの女優さんみたいに、まずは白い大きなバスタオルで体をきっちり巻きます。そのとき廊下で神津さんの足音など聞こえる

と、あわてて、

「あっ、いま、ダメです。タオルだけです！」

「いまさら、あんた、そんな大声で怒鳴るな。はらりとタオルが落ちても、だれも見んぞ」

神津さんっていつもなんか、ちょっと失礼……。

いまは、猫のオシッコのにおいがすぐに消えるいいものがあって便利です。マンションに越してからは、部屋の隅にトイレを置いていて、シジミもハッチもいい子だから、かならずそのトイレにはいって用を足します。えらいなと思って、「ほら」とトイレを指さすと、神津さんが、

「見るな、見るな、かわいそうだよ。プライバシーをのぞいちゃいかん」

でも、私などそそっかしいから、あるとき、ウンチをしているところを見ちゃって、「あっ、失礼！」。その「あっ、失礼！」の声でシジミをびっくりさせちゃって、かえって失礼なことをしました。

一緒に暮らす猫たちに対しても、「親しき仲にも礼儀あり」を実践しているほどの私たちは、60年間一緒に暮らしてきて、いまだに、相手の前で入れ歯をはずしたり、おならをしたりなんてことは、言語道断だと思っています。だから、私にとって神津さんは一緒に暮らしていて、ずっと気が抜けない相手でした。仲良しだけれど、いつもほどよい緊張感をもって暮らしてきたつもりです。

「夫婦なのに、ずいぶん水くさい。本当の夫婦ってもんは、おたがいをさらけ出せる仲だぜ」といった人もいます。そういう考え方もあるでしょう。それは見解の違い、感覚の違いとしかいいようがないですね。

私たちはとにかく、これまでずっとこれがいいと思って暮らしてきたし、「変えろ」といわれても、いまさら変えられるものでもありません。死ぬまでこのまま「親しき仲にも礼儀あり」でいくしかないし、いくつもりです。

老化現象の「弱点」は早めに見せちゃうにかぎる

かわいいおばあさんには恥じらいがあります。だから、「ああ、オシッコ行きたい」などと、平気で人前でいって、トイレへ駆けこんだりしないというのが、基本路線としてあるわけですが、年をとると、なかなかそうもいきません。トイレをがまんしたばかりに、お漏らししちゃったりしたら大変ですものね。

そういうときには、トイレが近くなったという、老化による「弱点」をちゃんと伝えるといいみたい。「すみません、年をとるとおトイレが近いでしょ、ちょっと失礼しますね」と席を立てば、どこかかわいいです。

老化とは弱ること。弱りながらも、けなげに、懸命に生きているおばあさんの姿はかわいいと思います。

「お肉、もっとめしあがります？」

そう聞かれた森繁久彌さんが、

「えー、入れ歯は不便なものでして」

たったそれだけなのに、あの森繁節でおっしゃるものだから、笑ってしまったのです。森繁さんが入れ歯だということを、そのときはじめて知りました。

老化による弱点は、入れ歯にしても、頻尿にしても、老眼にしても、ユーモアに包んで、早めにみんなに知らせておくといいかもしれません。いつまでも見栄を張って隠そうとすると、疲れちゃいます。

こまかい字の雑誌など見せられたら、

「なんにも見えませーん。老眼でございますので」

そして、老眼鏡をとりだして、

「あら、これでは老眼鏡も間に合わない。点字を習わなければなりませんわね」

くらい大げさにいって、弱点をみずから笑いとばすのも、いいかも。

おいしいお豆腐が無性に食べたくなることがあって、そういうときには、スーパーではなくて、豆腐屋さんへ行きます。私と同い年くらいのおばあさんが店番をしていて、あるとき、おばあさんからお釣りを受けとって、数えもしないでそのまま財布に入れようとしたら、

「あっ、ちょっと待って、メイコさん。もう一度数えるから」

仕方ないから、手の中のお釣りを戻すと、おばあさんは、

「ひー、ふー、みー……ああ、よかった。やっぱり間違えていた、足りなかったよ」

そういって、10円だか、20円だか足して、あらためてお釣りを渡してくれました。

ボケていると思われかねないのに、それを隠そうとしないオープンなところが、かわいいでしょ? 80代はおボケになる年代。多少とも耄碌しているほうが、むしろ自然な姿と心得て、いっそさらけだして早いところ、見せたほうが生きるのがラクになるでしょう。

年寄りはおなじ話をくりかえし、くりかえししします。私もそのひとりです。でも、

これは防ぎようがないと、半分あきらめています。話したことがあるという事実を忘れてしまうのだから、そりゃあ2度でも3度でも4度でもくりかえしますよね。

そこで、せめて自慢話だけはしないように心がけています。おなじ話を、それも、おなじ自慢話をくりかえし、くりかえし聞かされるほうは、たまったものじゃないですもん。とくに年寄りの若いころの自慢話って、カビくさくて聞けたもんじゃないって気がします。

自慢話にかんしては、「みっともないから、自慢話はしないぞ！」と自分に誓って、少し気をつければ防げるのが、よいところです。

自慢話をするくらいなら、物忘れネタで、自分が失敗した話をして笑わせたほうが、ずっと喜ばれるでしょう。「買いたての帽子を、スーパーのレジに忘れてきちゃった」でもなんでもOK。相手は笑いながら聞いてくれるだろうし、失敗した自分を自分で「笑いもの」にするという行為は、気持ちをラクにする効果もあるみたいです。

それに、あわよくば、相手が年寄りの失敗に同情して、「今度、お買いものに一度ついていってあげるわ」につながるかもしれない、なんて。

いずれにしても、年寄りが、えらそうに、強そうに、自慢げに、「私はまだ完璧よ」みたいな態度を見せることはＮＧね。実際にもう完璧じゃないことは、だれの目にも明らかなのだから、その自覚のなさがかわいくないし、ちょっと痛々しくも感じられます。

できることも、できないことも、はっきりいっています

立ったり座ったりするときに支えてもらえる、小さな荷物でももってもらえる、ビュッフェスタイルの料理をとってきてもらえる……。ばあさんだから、じいさんだからと、他人《ひと》さまにやってもらえることは、無限にあるといっていいほどです。そこで、私たち老人は、みずから線引きをして、けじめをつけることが大切だと思います。つ

まり、いまの自分が他人の手を借りなくてもやれること、借りなければやれないことを自分でもきちんと把握して、そして、そのことを相手にも伝えるのです。

たとえば、立ちあがろうとしたときに、手を貸そうとしてくれても、その必要がないと判断したら、

「ありがとう、でも、まだ大丈夫。できなくなったらお願いするわね」

自分の意思を相手に伝えられることも、老人の大切なエチケットだと思います。

娘や息子、孫など身近な人間には、自分の体の状態を具体的に伝えておくことも必要だと思います。私も彼らに、

「80の声を聞いてから、足がびっくりするほど弱ってきちゃった。ひとりで歩けることは歩けるけれど、段差が怖いので手を貸してほしいし、タクシーの乗り降りもひとりでは自信がないから、助けてほしいの」

このようにいっておけば、必要なときにちゃんと助けてもらえるし、必要のないときには放っておいてもらえます。

年寄りと、その子どもや孫とのあいだでこのような意思疎通をはかっておくことは、おたがいに気持ちのよい時間を共有するための、ちょっとした心遣いといえるでしょう。

杉本哲太さんと、娘のはづきとの子ども、つまり、私の孫の20歳になる太吉《たきち》は、私が「太吉」と、手を出すと、すぐにその手をもって支えてくれます。これがホントの孫の手です。

「転ばぬ先の杖」といういい言葉があります。年をとったら、気取ったり、見栄を張ったりしないで、つかまれるものなら、なんにでもつかまることですね。転ばぬ先のテーブル、転ばぬ先の椅子、転ばぬ先の壁、転ばぬ先の柱……。これまで転倒したり、転んだりしないですんでいるのも、恥も外聞もなく、そばにあるものになんでもつかまるようにしてきたことも大きい気がします。

最近は、初対面の方にも、転ばぬ先の杖をお願いしちゃいます。

「すみません。私、82歳です。ちょっと手を貸していただけます？」

どなたもご親切に助けてくださいます。年寄りは得ね。

そういえば、先日、50代の俳優さんとレストランを出るところで、ちょっとよろけそうになったら、抱きかかえるようにして支えてくださいました。頼もしかったわね。

でも、次の瞬間、ふと不安になりました。

「ねえ、文春に写真、撮られてないわよね？」

「大丈夫です。撮られたって、介護していると思われますから」

かわいいおばあさんになるために心がけていることは、ほかにもあります。スットコドッコイの私、わざわざ「いろはがるた」をつくり、日々、自分への戒めと励ましとしているのです。というわけで、ご紹介しましょう。題して「80歳からの〝いろはがるた〟メイコ流」です。

「80歳からの〝いろはがるた〟メイコ流」

㋑ま、やるから」はNG。忘れないうちにさっさと行動

「いま、やるから」といいながら、ほんの数秒でもあとまわしにすると、忘れてしまうし、ましてや、ほかのことを先にやると、間違いなく、きれいさっぱり忘れてしまう私。

先日も、出かけるしたくをしようと、ブラウス、ジャケット、スカート、コート、スカーフなどを次々に選んだのはいいけれど、それだけでもう手いっぱい。帽子まではもてなくて、抱えている洋服をリビングのソファに置いたら、すぐに戻るつもりでいました。でも、おやかんをガスにかけたのがまずかった！　帽子のことをきれいさっぱり、あとかたもなく忘れちゃったのですね。お気に入りの帽子をかぶっていないことに気づいたのは、スタジオに到着したときでした。

お湯をわかす前に、なにはともあれ、帽子をとりにいくべきだったのね。

そこで、最近、始めたことがあります――。「ここにメガネを置いた、置いた」「お

湯をわかして、ポットに入れた、「入れた」と、いちいち唱えて自分自身にいいきかせることにしたのです。これをしていて、ふっと情けなくなることもあるけれど、けっこう効果的。メガネをさがしまわったり、忘れてまたお湯をわかしたりといったことが、かなり減りました。

それにしても、年をとるといろいろ大変です。

生きるのが　仕事の　敬老日

新聞でいつか見つけた川柳です。

ろうばは「かわいい」がいちばん

「舌切り雀」に代表されるように、おとぎ話には、意地悪ばあさんがたくさん出てきます。失礼しちゃうわね。でも、年をとると、口角が下がってくることもあって、ふつうにしていても不機嫌そうに見えてしまうかもしれません。そこで、多少、やりすぎかなと思うくらい、ほがらかに、明るくふるまうようにしているのです。

「えっ、さっきもその話、したよ」と、孫に指摘されたときに、うつむいて、小声で「ごめん」は最悪。若い女の子がうつむけば、シャイで、かわいい感じかもしれないけれど、老婆の私がこれをやると、シャイだとは全然感じてもらえなくて、秋風のように寂しげで、冬の木枯らしのように陰鬱《いんうつ》な印象を放ってしまう気がして……。

そこで、私は、孫の指摘にも顔をすっくと上げて、口角にキュッと力を入れて、明るい調子で「ごめーん、ごめーん、ミステークでした」とやったりします。

「老婆は一日にしてならず」という人もいますが、「老婆は一日にしてなる」もまた、私の実感です。あっという間に老婆になっちゃいました。あっという間に意地悪ばあさんにならないように注意しなくちゃ。

ⓗじらいを忘れずに

ウーマンとレディの違いについて、仲よしのアメリカ人女性が説明してくれました。

「恥じらいがないのがウーマンで、恥じらいがあるのがレディです」

これはあくまでも彼女の解釈であって、英語の辞書には載っていないけれど、私はこの話にいたく感動し、納得させられました。

で、私も年をとってもレディでいたいから、大変です。

老夫婦　夜中のトイレで　こんばんは

美男美女ではなかったので、私たち夫婦はふたりそろって長生きしちゃいました。

おかげで、夜中にトイレに立つ回数が増えてしまって……。でも、私はレディだから、トイレで神津さんとかち合いたくなくて、向こうがトイレに行ったなと思ったら、お尻を振りながら必死でこらえます。

にほん人らしさも忘れずに

欧米化が進み、いまでは大半の日本人がベッドに寝て、椅子とテーブルで食事をして、トイレも洋式という生活を送っています。おかげで、いまの老人は立ったり座ったりするのがラクになりました。そのぶん、昔の年寄りよりも早く足腰が弱るともいわれているようですが、膝の痛い私などには、いまのような洋式の暮らしがとてもありがたく感じられるのです。

でも、自分が生まれ育った国の文化をすべてシャットアウトして暮らしつづけていると、国籍不明の根無し草になったような、どこか心もとなさを感じるのです。そのせいか、ときには、ホテルではなく日本旅館に泊まったり、なつかしい言葉使いや、家のたたずまいなどが描かれた小津安二郎さんの映画を観たり、下町の商店街などを訪ねたりしています。

すると、それらに肌がしっくりとなじむというか、どことなく平和な気持ちになれ、そして、「日本人に生まれてきてよかったな」と、素直に思えるのです。この年でそう思えることは、けっこうラッキーかもしれません。

ほめましょう！　ダンナも子どもも孫たちも、そして、他人も

ほめられて悪い気がする人はいませんし、ほめることは、人間関係の潤滑油でもあることは、十分にわかっているつもりです。ただ、これからますます目が悪くなり、耳が遠くなり、おまけに感受性が錆びついてくるかもしれません。そうなると、相手の言葉や行動、洋服や髪形などに、ほめるべき点を上手に見つけられなくならないともかぎりません。いやだ、そういうの、私……。

そこで、子どもや孫、お嫁さん、そして、神津さんのことも、なにかいいところ、すてきなところを見つけては、ほめるようにしています。もちろん、外で友だちと会ったときも、それはおなじです。

ほめようという意識があれば、相手の言動に注意を払うようになるし、相手のことをこまかく観察するようにもなるでしょう。ほめるという行為をとおして、老いとともに錆びつき、ゴワつき、カサカサしてきがちな心をやわらかくときほぐすことにもなると、楽天的な私は信じているのです。

「へん（変）な自分」は前面に出しちゃいます

お仕事をしていて、学校というところへはほとんど行ったことがなく、カンナの参観日には、そのぶん張り切って、学校へはいちばんのり。校舎にはいった瞬間から、軽い興奮状態でした。そして、いよいよ授業が始まったのです。私が唯一、得意かもしれない国語の授業。先生が「答えのわかる人」とおっしゃいます。わかる、私。で、元気よく「はーい！」と手を上げたら、「父兄の方はご遠慮ください」と注意されてしまいました。

朝、カーテンを開け放ち、「まあ、いいお天気だこと！」と両手を広げると、「お母さんって、なにをやってても芝居じみていて変」と、娘たちにいやな顔をされたものです。神津さんは幼いはづきを膝に抱いて、「ねえ、お母さんって変だね」という娘をさとしたそうです、「うん、変なんだよ、女優だからね」と。

そして、いまも私はかなり変ですが、昔とは様変わりした「変」が加わりました。いわゆる高齢者特有の「変」が加わったのです。そのことがあらわになったのは、忘れもしない「冷凍メガネ事件」でした。70代後半にさしかかったある日、冷凍庫をあけたら、老眼鏡がはいっていたのです。冷凍食品に記された日付を見ようと、老眼鏡をかけ、そのまま冷凍庫にしまっちゃったのでしょう。

若いころから家族に変、変、といわれてきたので、変といわれても平気の平左《へいざ》ですが、このときばかりは、びっくり仰天。あまりの衝撃の大きさに、しばらく口がきけなかったけれど、ややあって、思ったのです。ああ、いよいよきたな、きたな、と。そして、笑いだしていたのです。

いまも毎日、毎日、起きる「変」。すっかり慣れて、「へえ、年をとると、こんなふうに変わっていくんだ」と、むしろ自分の変化をおもしろがっていたりもします。というか、もうおもしろがるしかありません。

そして、「変」も、いとしい自分の一部と認めて受け入れることにしました。耄碌していないふりをして、とりつくろおうとすれば、そのたびにストレスがかかります。それよりも、笑いをとるぐらいのつもりで、「変」を前面に出したほうが、楽しく生きられるみたい。

「後輩」たちはまだ自分の高齢者特有の「変」に不慣れで、なにか失敗すると、オロオロしちゃうかもしれません。そんなときにはつくり話でもいいから、「私、もっとひどい失敗をしたよ、じつはね……」などと、後輩に助け舟が出せれば、すっごくすてきだと思っています。

「とんでもない！」と、遠慮のしすぎに気をつける

いばりん坊のおばあさんはかわいくないという気持ちが強いものだから、「とんでもない！」という言葉を、気がついたら連発していたりします。「すてきなコートですね」「とんでもない！」。「お料理がお上手だとお聞きしましたよ」「とんでもない！」といった調子です。そんなにへりくだらなくても、「ありがとうございます」と、素直に答えられたほうが、ほめた人も、ほめたかいがあってうれしいはずだと最近思うようになりました。

「とんでもない！」は日本人らしい謙虚さを体現している、美しい言葉だと思います。でも、すぎたるはおよばざるがごとし。この言葉が口をついて出そうになったときには、いまこの時点でそれが適切な表現かどうかをちょっと考えるようにしています。

ち いさな孫に「ダメ」というのも、私の役目

孫に嫌われたくないので、だまっていようかなと思うこともあります。でも、それではいけないと、孫が玄関に靴を脱ぎ散らかしていれば、

「ちょっとお玄関に来ていただけます？　これは、なんざんしょうか？」

この口調で、幼い孫にはわかるのですね。「ハイ」といって、玄関までやってきて、脱ぎ散らかした靴を小さな手でそろえます。

靴を脱いだら、帰るときにすぐに履けるように、「くるっと反対に向けてから、そろえる」という動きを、小さいうちに体に覚えこませれば、一生忘れません。

お箸のもち方や、テーブルに肘をつかないで食べることや、ごあいさつの仕方など、年寄りが教えられることはたくさんあると、自分にいいきかせているのです。うちの娘や息子は「またババ・トークが始まったよ」とからかいますが、ババ・トーク、大いにけっこう。

「りっぱ」は卒業いたします！

舞台の初日の前日には、さすがに神津さんも心配になるらしく、「あんた、セリフ、覚えなくていいのか？　台本、もう1回ぐらい読み直したほうがいいんじゃないか？」

でも、私は心配もしていないし、不安にもなりません。セリフを忘れたときは、忘れたときのこと。アドリブも利くほうだし、なにしろ80年間も女優をやっているのです。なんとかなるもので、これまでもなんとかなってきました。

それに、私、80代で、「りっぱ」を卒業することにしました。りっぱなおうちからはすでに引っ越しましたし、りっぱな主婦でいようとがんばりすぎてひっくり返ったりすれば、まわりに迷惑をかけるだけです。いまの私のモットーは『りっぱ』をめざさず、むりせず、淡々と」です。それが年齢相応の生き方だと思っています。「りっぱ」を卒業することで、ささやかな暮らしで満足することの心地よさと、上をめざさないことの平穏で、満ち足りた日々が手にはいります。ときにがんばりすぎちゃう自分に、「りっぱをめざすな！」と注意喚起しているのです。

ぬらりくらりの会話はしない！

まだ私が10代のころでした。あるとき、ひとりの若者がうちの父に頼みごとにやってきました。20～30分話していたでしょうか、父が、

「結論からいいましょうかね、きみはバカですな」

なんて人だろう……。

そばで聞いていて、唖然《あぜん》としましたが、いまにして思えば、あれはもう年寄りだからこそ許された言葉であり、年寄りでなければ許されない言葉だったのでしょう。そのときの若者も、同年代からいわれれば頭にきたでしょうが、はるか年上の人間から「バカですな」なら、いっそスカッとしたかもしれません。

私のこの世での滞在期間も刻一刻と終わりに近づいています。ぬらりくらりの物言いをしている暇はありません。思っていること、いうべきことは必要に応じて、ズバッというように心がけています。長く生きてきて、それが許される年齢になったのですから。

かわいいだけじゃない、かわいくて、芯が1本とおった、おばあさんになりたいと

思っているのです。

ルーズには、ならないこと

もう年だし、家事をちょっとさぼりたいなと思う日が、ないわけではありません。そんなときには、年寄りが怠け心を出してルーズになると、あっという間に動けなくなるぞと、警戒警報を自分自身に発令することにしています。高齢者が入院すると、日単位で足腰が衰え、記憶力もどんどん低下すると聞きました。似たようなことが、家事をさぼったときに起きる気がするのです。

だから、このままじっとしていたいなと、さぼりたい気持ちが頭をもたげてきても、テレビを消してソファから立ちあがり、掃除機をかけ、あるいは買いものに出かけ、あるいは食事のしたくにとりかかります。家事をやり終えたあとは、部屋もこざっぱりとして気持ちがいいし、達成感もあるし、まだやれるぞと、ホッとするし、お酒はおいしいし、悪いことはなにひとつありません。

家事は、日々衰退していく心と体の最強、最良のリハビリです。

「をわり」という字は悲しいけれど、めげないゾ！

戦前のある時期、映画のエンドマークを「終」ではなく、「をわり」とひらがなで書くのが流行しました。なぜ、「おわり」ではなく、「をわり」なのか……。監督にたずねると、「を」は「彼を」とか、「あなたを」とか、「何々を」というときにつける言葉で、まだこの映画には続きがあるなと思わせられるかもしれないから、ということでした。

完全には終わらせたくないという気持ちが、この「を」にこめられていたのですね。

「終」という字を見ると、悲しくなります。糸偏に冬でしょ。色を失った冬枯れの、寒々しい景色が浮かんでくるのです。最近は、その冬枯れの景色とともに、この「終」という字が身近に感じられるのです。もうじき私も、中村終子《しゅうこ》です、なんて。

でも、悲しい冬景色に心を占領されては、毎日がつまりません。そこで、日々、冗談のネタを探しては、笑い話を披露している私です。冗談をいって、みんなと一緒に大声で笑っていると、心の中の「冬」が吹きとばされて、あたたかな春風がとってかわります。

わかき日のときめき、秘めごとはすべてすてきです

若き日のときめきや、秘めごとや、華やかだった日々のことは年をとると、昨日のことのように鮮やかに思い出されるものです。そして、この年になると、秘めごとはすべてがすてきに思えます。私の場合、すべて、というには数が少なすぎるのが、ちょっと残念ですけれど。

私にも悲しかったり、悔しかったりといった恋の思い出もないわけではありません。でも、80歳の声を聞くころから、ふしぎなことに、ほほ笑みながら、それらの過去を思い出せるようになっていきました。

悲しくて、悔しかった過去もまた、いまの自分をつくっている一部。もしそういう経験がなければ、ひょっとして、自分はもっとうすっぺらな人間になっていたかもしれないと、80歳を超えるころからとても素直に思えるようになったのです。これは、

神さまからのすてきなプレゼントでしょう。

晴れた日の昼下がりなどには、日向ぼっこをしながら、若き日のときめきや秘めごとを、失敗に終わったり、成就しなかったものも含めて、思い出すことを自分に許しています。これまでの人生をゆったりと反芻《はんすう》するかのような、味わい深いひとときにも感じられるのです。

かんじんなことだけ確認。あとは聞いたふり

耳が遠くなった人とおしゃべりするのは、ラクではありません。何度も聞きかえされるので、話がなかなか進まないし、正直いって、わずらわしくなってきます。でも、「あなた、耳が遠いよ、補聴器をつけたほうがいいわね」などと、わざわざお節介をいって、相手を傷つけることもないので、そういうときには、聞き役に徹することにしました。もし、その話がおもしろくなかったら、聞いているふりをして、適当に相づちを打って、で、肝心なことだけはちゃんと相手に確認すれば、問題なしです。

聞いてもいないのに、聞いているふりをするとは、なんて不誠実な、と思われるかもしれませんが、年をとるとなにをやっても疲れます。つまらない話にちゃんと耳を澄ませていたら、5分もたたないうちに、疲れはててしまうでしょう。

自分の身を守るためにも、聞いているふりくらいは許されるし、それに、寝ているふりや、ボケているふりや、あるいは、時と場合によっては、死んだふりのひとつやふたつ許されるのが、年寄りというものではないかしら。

第６章

老いと死を受け入れて、まだまだ延長戦は続きます

神さま、東京オリンピックまでにあの世へお送りください

2016年8月に、何回徹夜したことか。

リオ・オリンピックのライブは、日本では連日、真夜中に放送されました。ライブは、VTRとは臨場感も緊張感もまるで桁違いだから、私、82歳ですけれど、徹夜をして毎晩、リアルタイムでオリンピックを見つづけたのです。あれほどのドラマはつくろうにもつくれません。神津さんに、

「オリンピックを毎日こんなに熱心に、リアルタイムで見たのは、はじめて！」

「あんた、それだけ売れていないってことだ。前は仕事が忙しくて、オリンピック、見られなかっただろ？」

神津さんは憎らしいことをいわせたら、金メダルです。

「ねえ、あなたはいくつぐらいで死にたい？　私は、どんなに長くなっちゃっても、まあ、パッパカパッって感じかな？」

「パッパカパッ？」

「88歳」

「おー、珍しく意見が合ったな。あんたと意見が合うなんて、おれも落ちたものだ」

ハイ、神津さんに金メダル！

でも、できればその前にあの世へ行きたい、つまり、オリンピックは、熱心に見たリオ大会を最後にして、2020年の東京大会はもうあの世から見ていたいのです。東京オリンピックまで生きちゃったら、86歳ですから、80代の後半に突入する前に、できれば逝きたいのです。


これまで幸い、一度も大病をしないで、この年までこられました。でも、故障の種はすでに体のあちこちで芽を出しているはずで、90歳近くになるまでには、それらが大きく育って暴れだして、「背骨が折れています」とか、「肝臓がボロボロです」とかいわれるでしょう。

怖がりの私は、そんな怖い目に遭う前に、死んでしまいたいのです。

体の故障ばかりではありません。なにをするにも、いちいち老眼鏡をかけなくてはならない生活をもう何十年と続けてきました。そのことひとつとっても、その不自由がなかったころに比べたら、大きな負担になっているはずです。

それでも、これはだれもが乗りこえなくてはならない「年のせい」というものなのだからと、がんばってきたけれど、そこに病気や故障まで背負わなければならないとしたら、かなりつらいことになるでしょう。

そんなつらい思いをするよりは、ほどほどの時期にあの世へ逝きたいと望んだとしても、自然なことではないかしら。それに、長生きしすぎて、子どもたちをはじめまわりに迷惑をかけるのも、しのびないですし。

私はクリスチャンでもなければ、仏教徒でもありません。無宗教ですが、私の中には「私だけの神さま」がいて、いつも見守ってくださっています。こんなことをしたら、神さまに叱られるな、このくらいハメをはずしても神さまは許してくださるかなと思いながら、生きてきました。

その神さまをひどく裏切るようなことは、してこなかったつもりです。ですから、どうか私の願いを聞きとどけてください。86歳、東京オリンピックの前までは生きていろといわれるのであれば、なんとかがんばってみます。それでもまだお許しがいただけないのなら、パッパカパッの88歳までは仕方ないから、這うようにしてでもがんばります。でも、それが限界。それ以上は私を生かさないで、どうか、この世からおさらばさせてください――。これが私のウソ偽りのない気持ちです。

父は80歳で亡くなりました。その父の年をすでに2歳も超えてしまいました。母が亡くなったのは86歳です。母の年齢に近づいてくるにつれて、もうすぐパパとママに会えるという気がして、心がとても安らいできます。

死ぬのは全然、怖くない

死ぬのは、ふしぎと怖くありません。ホントに全然怖くないのです。

「そういう人にかぎって、余命○か月ですと宣告されると、助けてください、先生！なんてすがりつくよ」

よくそんなふうに脅かされますが、82歳にもなったいまは、余命を宣告されたとしてもほとんど動じないと思います。とてつもなく長い道のりをトボトボと80年以上も歩きつづけてきたのです。ようやく「ゴールはほら、すぐそこですよ」といわれれば、ほっと安堵するのではないかしら。

いまさらやり残したこともありません。芸能界でもやり残したことはないし、芸能界のお友だちも、大親友だった美空ひばりさんはじめ、ほとんどがあちらへ逝ってしまいました。

お料理も、つくりはじめてかれこれ60年。もう何千回とつくっているのです。１日３食分を３６５日間つくったとして、60年間で単純計算したら……、えっ、ウソ、６万５７００回！　その間、１か月間の地方公演が何回もあるし、旅行で家を空けたこともあるし、みんなで外食したこともあるし、それらを差し引いても、主婦が死ぬまでにつくる食事の回数は、万単位になるのですね。

これだけつくっていれば、トライしたいお料理なんて、いまさらなくて当然でしょ。

洋服も着尽くしました。おしゃれは大好きだけれど、この洋服を着たい、このバッグをもちたいといったものは、もうありません。

その昔、すてきなベビードールを買いあさっていたのは長時間ぐっすり眠りたいというのが、夢だったからです。いまはもう、長い眠りは「永遠の眠り」。

このように、やり残したことはもうなにもないのです。やり残したことがないのだから、なにか新しいことを始めるという楽しみなんてものもありません。だから、この世に未練はないし、未練がないから、死ぬのもちっとも怖くないのです。

エンディングノートなどという無粋なものは不要です！

近ごろ、エンディングノートなるものが、はやっているようですね。預金通帳や実印などの置き場所、延命処置を拒否するかどうか、どのようなお葬式にしてほしいかといったことを書いておくそうです。

残された子どもたちが困らないように、そういうことをきちんと記しておくことも大切かもしれません。でも、なにか大げさすぎませんか？　その程度のことは、子どもたちに口頭で伝えておけば十分だと思いません？

延命処置はまっぴらごめん、葬式にはできるだけ金をかけるな、大した財産じゃないけど、きょうだいで仲良く分けろ、などと何回か子どもに話しておけば、子どももわかるわけだし、預金通帳や印鑑の置き場所も口で伝えておくとか、メモを渡すとかすれば、十分でしょ。

それ以上のこまかいことをあれこれ書いても、かならずしもそのとおりに、ことが運ぶとはかぎらないし、むしろ、そうでないことのほうが多いと思います。だから、詳しく書いたって、あまり意味がないのね。ざっくり、自分の真意を大雑把に口で伝えておくだけで満足するのが、いちばんです。

それに、手塩にかけて育ててきた子どもなのだから、親がなにをどう望んでいたかということくらい、わかっているはず。万一、自分が死んだあとで、財産のことで醜いきょうだい喧嘩を始めたとしたら、わが子をそのような料簡《りょうけん》の狭い人間にしか育てられなかった自分が悪かったのです。あきらめるしかないですよね。

そもそもノートというのは、私の感覚では、本を読んでいてすてきだなと思った表現や、自分でつくった俳句や川柳などをちょっと書いたりする、どちらかといえば楽しいものです。そのノートに、「私が死んだら、云々《うんぬん》カンヌン」なんて、無粋《ぶすい》よね。

昔は、実業家などのお金持ちは別でしょうが、ふつうの庶民は、遺言といっても、おれが死んだら枕元にどんぶりいっぱいに酒を入れて置いてくれ、とか、おれの大事な盆栽に水をやっといておくれ、とか、せがれよ、酒を飲みすぎんなよ、おれみたいになっちまうぞ、とか、せいぜいそんなものでしたよ。これでは、せっかくのエンディングノートの1ページ分も埋まりやしません。

昔のおじいさん、おばあさんは、死んだあとのあれこれをこまかく指図することなく、なにより、多くを望むことなく、あの世へ旅立ったんだと思います。それが、人の死にざまというものではないかしら。

悲しみに必要なのは「臨場感」と「タイミング」

今世紀にはいったころからでしょうか、「しのぶ会」がさかんにおこなわれるようになりました。「しのぶ会」はたいてい、亡くなってから1か月もたっておこなわれるわけです。語弊があるかもしれませんが、1か月もたってしまうと、故人とあまり親しくなかった人までやってきて、なんだか親睦会みたいになったりします。

それぞれにご事情もあれば、お考えもあってのことでしょう。故人はジメジメしたことが嫌いだったから、親睦会、大いにけっこう、という考え方もありますものね。ただ私としては、永遠のお別れという「現場」で、「悲しみの臨場感」の中、きちんと悲しみ、きちんと涙を流してお別れしたいと思うのです。

つまり、訃報を知って、とるものもとりあえずお通夜にかけつけ、翌日には告別式に参列するという、悲しさも、寂しさもまだ生々しいタイミングで、その人の死というものに接して、そして、お見送りしたいのです。


芸能界は見栄を張ってナンボの世界です。

昔は芸能人もほとんどが自宅でお葬式をしたもので、「亡くなったっていうんで、やつんちへ駆けつけたら、ひでえうちでさ、ボロボロよ。あいつ、金遣いが荒くて、見栄っ張りで、気前もよかったからなあ……」などといった類の話も、ときどき耳にしたものです。

家でお葬式をすれば、ボロ屋も、貧乏暮らしもみんな世間さまにお見せすることになるでしょう。でも、死んじゃったらもう、なにをお見せしてもいいのではないかしら。最後の見栄も、この世にスパッと捨てて、身軽になれば、三途の川を渡るのもずいぶんとラクになるかもしれません。

私もできれば、狭いマンションだけれど、まずは自宅でお通夜とお葬式をして、親しい方たちに駆けつけていただきたいと思っています。子どもたちにもそのことはいってあるけれど、やっぱりマンションではよそのお宅にもご迷惑がかかるからむりだと、子どもたちが判断したら、それはそれでかまいません。

すでにお墓はあるから、そこにはいることになるでしょう。でも、いつまでもお墓の中で寝ていると、息苦しくなりそうだから、むりだとは思いますが、適当な時期に、お骨をとりだして散骨してもらえれば最高です。バラかスイートピーの花びらと一緒に、バーッと海にでもまいてもらいたいのです。

その粉末が口にはいっちゃった方はお気の毒に、おしゃべりになっちゃうかもしれません。

もう夫婦どちらが先に逝ってもかまいません

以前は、神津さんよりも1日でも早く逝きたいと、心の底から願っていました。神津さんは私以上のお体裁屋さんだから、私に手を引かれて歩かなければならないのはいやだろうし、ましてや、私に下の世話をさせることになったら、舌を噛んで死んじゃいたくなるでしょう。でも、私が先に逝けば、私の介護を受けなくてすみますものね――。

などと考えていたのは、70代半ばのことです。70代半ばって、まだまだ若かったのね。82歳になったいまは、もうどちらが先でもかまいません。というよりも、どちらが先に逝きたいなどと、いっている段階ではもはやなくて、死がリアリティをもって迫ってきているのです。

早朝、ふと目をさまして、神津さんがやけに静かだったりすると、私、鼻のところに手をかざして、息をしているかどうかたしかめますもん。それで、「あっ、息をしているな」と安心して、もうひと寝入りするわけです。

そういう私だって階段からいつ足を踏みはずして死んじゃうかわかりません。どっちが先に逝きたいなどと願望をいっている場合ではないのですね。

ところで、神津さんの鼻に手をかざしてみて、もし息をしていないとわかっても、「ああ、終わりがきたんだ」と、わりと冷静に受けとめられるのではないかしら。自分だけでなく、神津さんのことでも「今日、死んじゃうかもしれない」と、いつも思っていて、つまり、そういう日がくることは想定内のこととして暮らしているようなところがあります。

「覚悟は決まっている」といった言葉とは少し違うみたい。そんな肩肘張った感じではなくて、私たち夫婦に死が近づいていることを、いつのころからか自然に感じるようになり、そして、少しずつそのことを受け入れるようになってきたのだと思います。

いずれにしても、84歳と82歳では、どちらが先に逝こうが文句のいいようがないということですね。

それなのに、神津さんはいまでも、自分が先に逝って、お葬式で、幽体離脱でもする気なのか、私がよよと泣きくずれる姿を見たいみたいです。

ところがどっこい、私はよよと泣きくずれたりしません。にっこり笑って、「バイバーイ」と、手をふって見送るつもりです。娘たちには、「お母さん、意外と薄情ね。お父さんが亡くなったとき、あんまり泣かなかった」といわれるかもしれません。でも、先に逝くことは神津さんの望んでいたことだと、そのくらいのことは夫婦を長年やってくればわかりますし、だから、望みどおりに先に逝けたとしたら、「よかったね、お疲れさまでした、バイバーイ」でしょ。

欲をいえば、お体裁屋の神津さんにはあまり長患いしないで、ラクにポックリ逝ってもらいたいですね。

神津さんは私よりも２歳半年上です。さて、神津さんの望むどおりになりますかどうか。

公私ともに〝喜劇〟で生きてみました

映画に、舞台に、テレビにと、数えきれないほどたくさんの仕事をしてきましたが、ひとつとして芸術作品はございません。恋愛ものもございません。やってきたのは、ほとんどが喜劇で、ひどい役が多かったですね。とくに、ＮＨＫの『お笑いオンステージ』には８、９年出ていて、女優であそこまでひどい役をやった人はいなかったと思います。

私の役は明るくて、オッチョコチョイの、ものすごく貧乏な家のおかみさん。ある回では、「客が来るから、きれいにして待ってろ」と亭主にいわれ、でも、おしろいを買うお金もなくて、メリケン粉で代用するという設定でした。ＮＨＫのメイクさんが、メリケン粉ではさすがにメイコちゃんがかわいそうだと、真っ白なパウダーを用意してくれていました。でも、私はわが家の台所にあったメリケン粉持参で楽屋入り。

メリケン粉だけでは軽すぎて飛んじゃうので、片栗粉も少し混ぜて粘り気を出しておくという、主婦らしい配慮も怠りなし。

その日は、わざと長いつけまつ毛をして、そして、出番の直前に、片栗粉入りのメリケン粉を顔にブワーッとかけて、舞台に出ていったのです。ほっぺも眉毛も、そして長いまつ毛も、真っ白白の私を見て、お客さんは大喜びでした。喜劇役者はお客さんに笑っていただくためには、なりふりかまわず、ここまでやっちゃいます。

私はずっと喜劇役者であることにこだわってきました。幼いころに聞いた、エノケンさんの言葉を80年近くたったいまも覚えています――。

「メイコちゃんね、うんとおなかがすいて、もう歩けないとか、オシッコが漏れそうとか、そういう仕草をやったら、人は笑うよ」

うんとおなかがすいた、もうオシッコが漏れそうといったことは、ホントはとてもつらい経験で、極限状態ともいえるもの。そういう極限をやって見せると人は笑うものので、だから、喜劇役者は人生の極限状態というものを知らなくてはならないと、エノケンさんはおっしゃりたかったのでしょう。

人生にはつらいこと、悲しいことがいっぱいあります。つらかったり、悲しかったりしたときこそ、人は笑いたいですよね。現実の生活が悲しいときに、陰陰滅滅《いんいんめつめつ》とした、ポロポロ泣かせるような芝居など見たくはないはずです。だから私は、お客さまと名のつく方々には、とにかく笑っていただきたいのです。

いい役者が舞台に現れると、客席にざわめきが起きます。このことを昔は、「じわが来る」といったものです。じつは、私には自分を誇らしく感じる瞬間があります。講演会でたったひとり、舞台に出ていくと、それだけで、みなさんがわーっと笑ってくださるのです。メリケン粉をはたいているわけでもなんでもなく、ふつうの格好なのに、笑いが起きるのです。それが、私のいちばんの「宝」だと思っています。私の場合は、じわはじわでも、「笑いじわ」。

2歳半のデビュー作は、人気マンガ『江戸ッ子健ちゃん』（横山隆一作）のフクちゃん役でした。出だしからして、マンガが原作の、どちらかといえば喜劇で、以来80

年間、出演したほとんどが喜劇でした。いまも神津さんを毎日、最低1回でも笑わせています。子どもたちや孫たちがやってきても、おもしろいことをいったり、やったりして、笑わさないではいられません。
80余年という長い歳月を、私は公私ともに喜劇で生きてみました。

小さな陽だまりがあれば、それで幸せです

82歳の夏、老夫婦と、還暦近い娘のカンナの3人で、大曲《おおまがり》の花火を見に行きました。神津さんとカンナが私に内緒で計画したといいます。「カンナ、お母さんが死ぬまでに一度見たいもの、あったよ。大曲の花火だってさ」と、神津さんがいったことがきっかけだったとか。

そういえば、村松友視さんの小説で大曲の花火のことを読んで、「お父さん、大曲

の花火を死ぬまでに一度見たいけど、秋田は遠いわね」などと話したことがありました。

カンナが用意してくれた特別席からは、花火がすぐそばで見られました。間近で次々に打ちあげられる花火の大きいこと。頭上の夜空から美しく、壮大な「花」や「滝」が自分に向かって降りそそいでくるようでした。

私の人生もいよいよグランドフィナーレを迎えようとしているのね。夜空を照らしだす、豪華絢爛たる特大の花火を見上げながら、ふとそんなことを感じました。

「死ぬまでに一度でいいから、見てみたい」と口にすると、それを実現させようと、まわりの人間が心をくだき、動いてくれるのは、その人の人生が、ついに大詰めを迎えつつあると、まわりの人たちが感じているからでしょう。私も、そういう年になりました。

先日、ひとり暮らしをしていた神津さんの姉が老人ホームにはいったというので、カンナとはづきと一緒に会いに出かけました。東京都のつくった、こぎれいな老人ホームです。１ＤＫのフローリングの小さなお部屋で、トイレやお風呂は別にあります。車椅子を押す方がついてくださって、トイレへもお風呂へも、安全につれていってもらえるし、中には美容院もはいっています。

「お母さんはここでいいよ！」

介護が必要になったら、ここに入れてもらうことにしました。即決です。もちろん、いまのマンションが終《つい》の棲家《すみか》になればいうことはないけれど、そうそうことがうまく運ぶとはかぎりませんものね。

介護が必要になったときの行き場所も決まり、娘たちもホッとしたようです。

そこそこ、いい人生でした。他人《ひと》と大きな喧嘩をしたこともなければ、だまされたこともなく、もちろん、だましたこともないし、３人の子どもたちは大きな病気をすることもなく、うしろに手がまわることもなく、なんとかちゃんと育ってくれました。たいらで、温かい人生を終えることができるようです。そこで、

「にっこり笑って死ねるわ、私」

「気持ち悪いから、死ぬときに笑うのだけはやめて」

子どもたちにいわれてしまいました。

たいして他人のために役立ったこともなければ、すごく親切にしてさしあげたこともなかったのに、恵まれた人生を歩めました。これも、神さまと、そして、亡くなった父と母が私にくれた大きなプレゼントだと思っています。

できれば、80代でフェードアウトしたいと、心から願っていますし、それまでは、ぎりぎり元気でいたいとも思っています。でも、先のことはわかりません。90歳を超えてしまうかもしれません。病気になったり、自分の足でもはや歩けなくなったりする日が、じきにくることも考えられます。人は病気や老いに勝てません。そうなったらそうなったで、それを上手に受け入れようと、いまから思っています。

最近、昔のことが昨日のことのように思い出されます。ずっとほしかった、大人っぽい靴を母に買ってもらった日のこと、父と腕を組んで銀座のバーを飲み歩いたことなどが、そのときの幸せな気分とともに、つい昨日のことのように感じられるのです。

悲しかったり、悔しかったりしたことも、いまではなんとなくほほえみながら、思い出せるようになりました。

いい思い出も、つらかったはずの思い出も、あちらへ逝くときの「幸せの荷物」だとしたら、私は幸せの荷物をたくさんもってあの世へ逝けるでしょう。この年まで生きてきてよかったなと、ふと感じたりして……。

目をつぶると、背中を丸めて、日向ぼっこをしている私がいて、「かわいいおばあさんね」と、通りすがりの人がほほえむ姿が浮かびます。人生の最後に、そんなほんわか、ちんまりとした日々が続くといいなと願っています。

小さな陽だまりがあれば、それで幸せですから。

あとがき

神津善行

わが女房殿は記憶が定かでない時代からエノケン、ロッパ、シミキン（清水金一）、徳川夢声各氏などと映画で共演し、戦時中は特攻隊慰問に飛び回り、戦後は森繁久彌、三木のり平、渥美清各氏などと舞台、映画、ラジオなどに出演し、テレビが主体となる時代に入ってからは三波伸介……小沢昭一、フランキー堺各氏などなど……その時代の喜劇志向の方々と、笑いを求めた仕事を中心に年齢を重ねて来た。

尤も二歳半の時に朝日新聞連載の漫画『フクちゃん！』の映画化に当たって、作者、監督などに懇願されて作家の父親中村正常がシブシブ出演を承諾したという。しかし出発点が漫画であるから、その後の人生が漫画人生になることは当然の成り行きで、暗い文芸作品や涙なしには見られない悲劇などは頼む方も頼まれる方も避けて通り、喜劇路線を一人コツコツと八十年歩いて来た女性役者なのである。

彼女が舞台に登場すると拍手が起きるが、その中に笑いを求めるざわつきが必ず混じる。これは自然に出来上がったものであり、造ろうとして出来上がるものではなく、長い人生が自然に造り上げてきたものであろう。

このざわつきらしきものが生活にまで及び、小生の母親も「メイコちゃんと居るのは面白いから」と我が家で生活をしていた。お断りしておくが小生は末っ子の四男坊である。

さてわが女房殿は自分の父親の臨終に立ち会って居ない。前々から決まっていたニューヨーク行きの仕事があり、出発した次の日に父親は急遽入院という事になったのだが、彼女を中心に多くのスタッフが同行して居る為に、多少仕事を急ぐ程度しか方法がなく仮葬儀が終わった翌日に帰国するという結果となった。

亡くなる二日〜三日前に病室で義父と暫く話をする時間が持てた。

実は小生が結婚の許可を相手の親に頼みに行く時に、相手が一人娘であるから簡単には嫁に出さないであろうと先輩諸氏に注意を受け、墓の事も含めて難しい問題も覚悟しておけと脅かされていたのである。

ところが義父は「結婚したい」という言葉に「良いだろう。しっかりやれよ!」と肩を叩いて終わりとなった。余りの「不自然な自然」に何か気詰まりを感じ長い間しこりとなって小生の心に残っていた。

この話を切り出し、続けて、

「お父さんが何も言わずに結婚を許可して下さった気持ちが、自分が親になって初めて解りました。ついてはお父さんにお願いがあります。もしメイコが死んだらメイコの骨はお父さんとお母さんの間に入れさせて下さい。これは離婚ではありません。僕は土日には必ず逢いに行きます。僕は神津家で唯一男の子を持った事から、どうしても神津の墓を継がなければならないのです。お願いします」

義父は静かに微笑んだが何も言わなかった。でも心なしか横を向く目が光った様にも思えた。義父はその数日後に息を引き取った。

義父が他界した後の義母は我が家に引き取り共に生活をしたが、娘と同じ墓に入れると、常に安らぎを持って生活をしていたようだ。

その義母が臨終の時を迎えて医師に「最後と思いますが、まだご当人には聞こえると思いますのでお母様に声を掛けてあげて下さい」と言われた女房殿は小生の横に来て「頑張れ！　と言うの？」と小生に聞くので、「生んで育ててくれたお礼と、お母さんを誰よりも愛していると言って上げなさい」と小生の意見を伝えた。女房殿は冷静にしっかりと母の手を握り何度も母に礼を伝えて居たので、多分安心して旅立ったに違いない。

人間は誰でも死ぬ。また完璧な人間は居ない。勿論女房殿も完璧には遠い部分と多少近い部分を併せ持った人間である。小生が関わり、闘うのはその継ぎ目の部分で……。

例えば……女房殿が電話で話し始めるとテレビも、客との会話も殆ど聞こえなくなる。研究はしていないが猫も急いで場所を変える。

例えば……料理は下手ではないが決して味見をしない。この部分は天才的と評価するが、時々奇妙な味に遭遇する。此の場合はどうしたらその味が造れるかを小生は研究することにしている。

例えば……女房殿が恥をかいても小生は決して笑ったりしない。電車の往復切符を買う時に「何処から何処までの切符ですか？」と聞かれて、自分の立っている足元を指さしながら、「ここからここまで」と答えて、駅員と少し言い争った。でも女房殿の答えは決して間違ってはいないと小生は思ったからである。

例えば……「わたし要らない物は全て片付けるわ。いいわね！」この言葉には賛同したが、その間小生の目を見つめていた時間が長かったのですこし不安を感じて居たが……。

現在まだ夫婦の仲は続いている。

著者紹介

中村メイコ　本名は神津五月（こうづさつき）。1934年5月、作家・中村正常の長女として東京に生まれる。2歳半のとき映画『江戸ッ子健ちゃん』のフクちゃん役でデビュー。以後、女優として映画、テレビ、舞台等で幅広く活躍。1957年に作曲家・神津善行氏と結婚。カンナ、はづき、善之介の一男二女をもうけ、「神津ファミリー」として親しまれる。『人生の終いじたく』（小社）、『夫の終い方、妻の終い方』（PHP）など著書多数。

人生《じんせい》の終《しま》いじたく　まさかの、延長戦《えんちょうせん》!?

2017年1月5日　第1刷

著　者　中村《なかむら》メイコ

発行者　小澤源太郎

責任編集　株式会社 プライム涌光
電話　編集部　03(3203)2850

発行所　株式会社 青春出版社
東京都新宿区若松町12番1号 〒162-0056
振替番号　00190-7-98602
電話　営業部　03(3207)1916

印　刷　中央精版印刷　製　本　大口製本

ISBN978-4-413-23022-3 C0095